JN015350

まだまだという言葉

クォン・ヨソン

斎藤真理子 訳

河出書房新社

目次

まだまだという言葉

知らない領域

ダヨンが驪州（ヨジュ）に来ているそうだ。

驪州なら、ミョンドクがゴルフをしていたクラブから高速道路で十分ちょっとで行ける。彼は早朝に始まったラウンドを終え、仲間と一緒に遅い昼食をとったらすぐに帰宅して休むつもりだった。だが、食事となると誰かが持ってきたウオッカを何杯か飲む羽目になり、するとまたある人物への妙な嫌悪感が湧いてきて、一人でクラブハウスを出てしまった。近くのカフェの駐車場に車を停めてテラス席に座り、氷を入れたコーラを飲みながら酔いが醒めるのを待っているうちに、何という理由もなくダヨンに電話したのだった。

「驪州にはどうして？」

ダヨンは黙っていた。そんなことをいちいち聞いたり答えたりする仲かといぶかしむような沈黙だったが、そう思われても仕方あるまい。ダヨンは短いため息をつくと、陶磁ビエンナーレのためなんです、と言った。陶磁……ビエンナーレ……？　彼がタバコの煙を吸い込んでいる間に、今、撮影中ですからという言葉とともにぷつっと電話が切れた。彼は電話が切れたことより、陶磁ビエンナーレの「ためなんです」という他人行儀な口ぶりの方が気に障り、タバコを置くと、あいつはもう、と一人言を言った。

タバコの煙は空に立ち上り、薄青い空を背景にして昼月が――クリーム色の三日月が浮かんでいた。月の外側の弧が細く鮮明なのに比べ、内側の弧は、この世でいちばん柔らかいのこぎりの歯のような形で、空の色にうっすらと溶け込んでいる。運動後の食事、昼酒の酔い、春の日の気だるさが重なって彼はうたた寝しそうになり、その中でも何となく、これはどうもあのぼんやりとした昼月のせいだという気がし、これも全部あの、ほつれ目から出た綿くずみたいな月のためなんです、……昼月のためなんです、……と思っているうちに寝てしまった。

目が覚めたときには一時間ほど経っていた。氷が溶けて薄まったコーラを飲み、空を眺めると、昼月の位置が思ったよりずっと西に動いている。昼月をずっと見ていたら催眠にかけられたようになり、ふと、自分の油絵もそろそろ色や勢いを抑えていくべきだという気がしてきた。もう強いのはいいや、という、そんな気持ち。ちょっと薄くてもいいし、水っぽくてもいい、光らなくても鮮明でなくても、派手でなくても、消え入りそうにぼんやりしていてもいい、「やっとのことで」とか「かろうじて」とか……と、そんなことを考えていって、彼はまるでそれが自然な結論とでもいうように驪州行きを決めた。行って、陶磁ビエンナーレでも見て、娘の顔も見て、夕飯でも一緒に食って帰ってくるのもいいじゃないかと。

車のエンジンをかけて出発する前に電話した。かなり待たせてから電話に出たダヨンの態度はいきなり否定的で、撮影がいつ終わるかもわからないし、時間を合わせるのも大変だから無理に来ないでくださいと言うのだった。

「せっかくだから陶磁ビエンナーレの見物ついでに、頑張ってる若い人たちに肉でもおごりたいと思ったんだけどね」

ダヨンがびっくりしたように、撮影隊全員におごってくれるんですか、四人いるんですよと言った。

「当たり前だろ」

あー、はいと言ってダヨンが黙ったので、彼は娘が感動に浸っているのかと思った。

「でもねえ……そういうのが粋に見えそうだと思って、言ってるんでしょ？」

彼は呆れて、何なんだよおまえはと言ったのだが、ダヨンはそれを聞きもせず、じゃあ、私たちが泊まっている農家を改造したペンションに食堂がついているからそこで食事をしましょう、五時半に予約しておくから住所を入力してくださいと、自分の都合ばかりをすらすらと並べた。彼は何も言えず、ダヨンが読み上げるペンションの住所をカーナビに入力した。

もと農家だったペンションの駐車場の真ん中に、白い大型犬が、ひき逃げでもされたように足をだらりと伸ばし、横を向いて長々と寝そべっていた。死んでいるわけではなく、太陽を浴びたコンクリートがあたたかいので、そこにできるだけ体をくっつけようとして横向きに寝ているらしい。ミョンドクは犬を避けて車を停め、農家を改築したというペンションを眺めた。食堂のある右側に、細長く地面を露出させた庭があり、パラソルのついたテーブルが一つあった。彼はパラソルの下に座ってタバコを吸った。さっきから雲が出てきて昼月は隠れ、花の種の綿毛が空中をふわふわ飛んでいるだけだ。テーブルの上に置いてある灰皿のふたがちょっと開いていて、そこから花の種が入るんじゃないかと彼は気になった。

庭の下のゆるやかに傾斜した畑では、半白の頭の男が二人、農作業をしていた。あんなに老けて見えても、自分と同年代かもっと若いのだろうと彼は思った。二人の男は駐車場に停めてあったトラックから薄緑色の肥料の袋を肩にかついで運び、適当な間隔で畝（うね）に置いていき、一人の男が袋の口をカッターで切って開けると、もう一人が袋の端をつかんで肥料を振るい出し、畑にまいていった。

扇型の畑の黄色い土の上にコーヒー豆のような色の肥料がこんもりと載っているので、これで雨でも降ってきたら、まるで巨大なドリッパーでコーヒーを淹（い）れているところみたいだなと彼は思い、すると急に濃いコーヒーがひどく飲みたくなった。肥料の袋を全部開けた男が、空になった袋をてきぱきとたたんで一枚の空き袋の中に突っ込み、袋がいっぱいになるとトラックの荷台に投げ込み、シャベルを二本持ってきた。二人の男が一本ずつシャベルを持って、こんもりと積もった肥料を一すくいずつすくって畑に均等にまいていくと、畑はチョコレートがぽつぽつ入ったキャラメルのような色に変わっていき、濃いコーヒーと一緒に食べたらぴったりだと思われた。

駐車場の方から、白い犬が彼の方へそそっと走ってきた。地べたにだらりと寝ていたあの犬ではなく、それよりずっと小さな犬で、まだ子供っぽさが抜けておらず、昼寝から覚めたばかりのような、きょとんとした顔をしている。こちらへ向かって近づいてきたが、彼が椅子から立ち上がると盛大にあわてふためいて逃げていった。誰かに見られたら自分が犬にいたずらでもしたと思われそうで、俺が何をしたってんだよ、と言い訳のようにつぶやくと彼は灰皿のふたを開け、タバコを消してからふたをしっかり閉めた。陶磁ビエンナーレを見てそのあたりで濃いコーヒーでも飲もうと、彼は再び駐車場に向かった。

平日とあって、陶磁ビエンナーレの会場は閑散としていた。中央にある円形の売り場以外、ほとんどの野外テントは閉まっていた。観覧者もほとんどおらず、風が吹くたび、円形の売り場の端っこにぶら下げられた素朴な陶磁器の風鐸がちりんちりんと鳴るだけだ。いったいダヨンのチームは、ここに来て何を撮影していったのだろう。

がっかりした彼は、すぐ目と鼻の先にある神勒寺に寄る計画も取りやめ、カフェを探してあてもなく歩き出し、五分ほどして遠くに見慣れたコーヒー専門店のロゴが見えてくると、濃いコーヒー飲みたさに舌がうずいた。

彼は道路に面した窓ぎわの席に座ってコーヒーを飲んだ。停留所のすぐ前なので、きれいに磨かれたガラスごしに、到着するバスも乗り降りする乗客たちも手が届くほど間近に見えた。コーヒーを飲んでいるときにバスが来たら、すぐ飛び出しても乗れるくらいだ。

彼の隣の席では、髪を真っ青にした青年がノートパソコンの画面で楽譜をいじりながら、手を振ったり、頭を前後左右に揺すったり、体をぶるっと震わせたりしている。窓の外では、髪を刈り上げて制服を着た大柄な男子高校生が停留所の近くをうろうろ歩き回りながら、片手を前にばーっと出したり引っ込めたりして何やら盛んに騒いでいた。ぱっと見たら頭がどうかした人間みたいだが、耳にイヤホンをしているところを見ると、誰かと電話で話しているらしい。

でも、彼にとっては正気の沙汰に見えないのは同じことで、だんだんあんな若い者が増えていくのかと思うと憂鬱になる。耳にイヤホンをして体をびくつかせたり、電話を片手に大騒ぎする人々。しかもこの手の人々は、コーヒーを注文するときでもそれをやめようとしないから、さっきレジで彼の前に並んだ若い女性も、だーかーらー、私、毎日そう言ってたじゃん、あ、トールサイズでお願いしますねー、私に味方してくれるのそうじゃないの、え、何で答えないのよーという調子でずっと電話でしゃべっていたので、彼の注文する声はかき消されてしまい、そのため彼は大声で二度もエスプレッソ！　エスプレッソ！　と叫ばなければならなかった。

コーヒーを飲み終わって出ようとすると急に激しい雨が降り出した。傘は車の中にあり、車は神勒寺の駐車場にある。長引きそうな雨ではなかったので、彼はちょっと待ってみることにした。しばらくして雨脚が弱まってきたのか、透明な傘をさしていた少女二人が傘をたたんで何かつぶやき、またさした。道の向かいでは軍服を着た青年二人と私服の青年一人が輪になって話をしていたが、傘をさしているのは私服の一人だけだった。軍帽を後ろにそらしてかぶった青年は笑いながら足を揺すっており、しばらくすると軍服の二人は左の道へ行き、傘をさした青年はもう一方へ歩き去った。誰もいなくなって彼は初めて、三人が立っていたのが角だったことに気づき、そんな別れにぴったりの場所であることにも気づいた。

玄関を入ったところに靴箱があるのを見ると、はきものを脱いで上がる店らしいが、ミョンドクは靴を脱がず、戸だけひょいと開けて中をのぞいた。板の間の壁には店で仕込んだらしい酒のびんがぎっしりと並んでおり、そのすみにダヨンが撮影隊の三人と一緒に、もう来て座っていた。男二人、女一人で、ダヨンと同年代のようだったが、彼の目には、何か考え込んでいるように首をかしげて額に手を当てたダヨンの姿だけが、切り取ったようにくっきりと浮き出して見えた。前髪がかき上げられて、小屋の軒のように斜めに浮き上がっている。しばらく額を撫でていたダヨンの手がやがてすーっと右頬に沿って流れるように降りていき、その瞬間彼は、あの子はこんなところまで似ちゃったのかと思ってぎくっとした。ダヨンが彼に気づいて立ち上がった。

「お父さん、来たの？」

予想外の親しげな挨拶に彼はとまどい、おおーと一言言っただけで、一行がつられて立ち上がろうとするのを見て、手を振って制した。

「立たなくていいですよ、わざわざ立つことない。外でタバコ一本吸ってくるから」

ダヨンが何か言う前に、一行の中からさわやかな若い女性の声が聞こえた。

「もうすぐお肉が来ますから、早く戻ってきてくださいね！」


庭の片すみで、ペンションの主人らしき男が白い犬を叱っていた。憮然とした様子で叱られている犬は、さっきミョンドクの方へ駆け寄ってから驚いて逃げていった小さな犬だった。男が何やら犬に詰め寄る声が聞こえたが、何と言っているのか聞き取れない。男がきょろきょろしながら庭を一回りしてミョンドクの方へ近づいてきた。

「どうも、ご来店ありがとうございます。ところでもしかして、そのへんで赤い靴を片っぽ、ごらんになりませんでしたか？」

見なかったと、彼は答えた。

「こいつが赤い靴の片っぽをくわえていって、どこへ置いてきたもんだか、見つからないんですよ」

「犬が靴をくわえていったんですか？」

「はい、赤い靴の片っぽだけ。大変なことになっちゃった」

ちょっと降った激しい雨で庭土は濡れていた。さっき肥料をまいていた扇型の畑も濡れて濃い茶色になっており、そんなはずもないのに彼にはなぜか、その色が湯気の立つ熱いコーヒーの茶色のように感じられた。どこかに隠された靴はめちゃめちゃになっているだろう。

「靴が片っぽしかないんじゃ、どうしたもんだか」

男が嘆いた。彼が考えても、一つだけ残った靴は何の役にも立たないと思われた。男がとても大事にしていた靴なのだろう。

「高いものじゃないとはいってもねえ……」

男は途中までつぶやいてから彼の顔色をうかがい、彼は何とも言いようがなかったので黙ってうなずいた。高いものではなくとも、すごく大事にしていた靴なら……

「弁償すべきですよね？」

「はい？」

「見つからなかったら弁償すべきでしょうけど、この場合はねえ、片っぽだけ持ってったからって、片っぽだけ買って返すわけにもいかないし」

彼は急に興味が湧いてきて尋ねた。

「ご主人のじゃなくて、お客さんの靴をくわえていったんですか、犬が？」

「もちろんです。お客さまの靴だから大変なんですよ」

彼の口から思わず、そりゃまた、という言葉が出た。

「お困りですねえ」

「普通のお困りじゃないんですよね。犬のやつ、どこに持ってったか言わないし、いや、言えないし……」

　彼は笑いをこらえようとしてうつむいた。

「探してみて、どうしてもなかったらお客さんにうまくお話しするしかないですね」

　彼がタバコを消して行こうとすると、男が目を輝かせてついてきた。

「それでですねえ、お客さまに先にお話ししていただくわけにいかないでしょうか?」

「私が?」

「そちらのお連れさまのだもんですから」

「私の連れのなんですか?」

「今、他にお客がいます? そちらのご一行しかいませんよ。ほら、見てください」

　男が出入り口の横の靴箱を示した。

「全部ちゃんと揃っているけど、この赤い靴だけ片っぽしかないでしょ?」

「そうですね」

　彼と男が靴箱を上下にじっくりためつすがめつしたところ、赤いスニーカーはやはり片方だけで、しかし幸いそれは古く、高価そうには見えなかった。

「ですのでね、お客さまに、これがどなたのか聞いてみていただいて、ちょっとうまく話していただけたらありがたいんですが。私も一生けんめい探してはみますが、万が一、見つからなかったら……」

　彼はわかったと言った。とりあえず男性用のスニーカーだから、ダヨンのものではない。彼は靴を脱ぎ、犬がくわえていかないようにそれを靴箱の高い位置の棚に入れると食堂のドアを開けた。

ダヨンの一行は誰かの靴が片方なくなったことも知らず、せっせと蒸し豚を食べていた。

ほっそりした体格に色白できれいな顔立ちの男性クルーが彼を見て体をすっと伸ばし、お父さん、肉が来ましたよ、ここ、ダヨンさんの向かいにお座りくださいと言い、もう一人の男はのっぺりした顔で偉そうに足を伸ばして座っており、肉を頬張りながら彼を見上げただけだったが、見るからにヒキガエルのような、無骨な顔だった。彼はヒキガエルとほっそり君にはさまれて座った。近くで見ると向かいの壁をぎっしり埋めた酒びんは思ったよりずっと大変な威容で、彼は、あれはどういう酒なのか後で主人に聞いてみようと思った。

「お目にかかれて嬉しいです、お父さん」

ダヨンの隣に座った女性クルーがにこやかに挨拶した。顔は声ほど若くはなく、ダヨンより二、三歳は年上のようだ。

「こちらこそ。ところで、誰かここに赤いスニーカーをはいてきた人はいるかな?」

「わ……私です」

肉が口に入っているせいでくぐもった発音で、ヒキガエルが言った。

「そうか。実はあなたの靴を犬がくわえていっちゃったらしくてね」

「え?」

「それで、靴が片方しかないんだそうですよ」

ヒキガエルが小さな目を大きく見開いたかと思うと、ふふふふっと泣くような声を上げて笑い出し、すぐに他のメンバーも大笑いしたが、特に女性クルーは手で食卓をたたき、わあー、犬がねえ、その犬かわいそう、運が悪すぎと言ってけらけら笑った。ダヨンが笑うのをやめてとがめるように彼をじっと見たが、彼は意味がわからず、突然おいぼれの道化にでもされたような気分だった。

蒸し豚が余った。夜のビールのつまみにするから包んでもらおうとヒキガエルが言い、ダヨンが素早く食堂の女からビニール袋を何枚かもらってきて、肉と野菜、唐辛子、にんにく、アミの塩辛などをしっかり入れていった。女性クルーは電話が来たので外に出ており、ほっそり君もごちそうさまでしたと言ってぺこりと頭を下げて出ていった。ヒキガエルが体をよじりながら苦労して立ち上がると、壁に立てかけてあったトの字の形の杖をついて、足を引きずりながら出ていった。

つまり、ヒキガエルは最初から赤いスニーカーを片方だけはいてきて、もう一方の足には足首を保護する長靴形のギプス用のはきものをはいていたのだが、それが幅も高さもあって靴箱に入らないため、靴箱の横に、それもよりによってゴミ箱の後ろのよく見えない場所に置いておいたのだ。そうとは知らない主人に叱られて犬ばかりがひどい目にあい、彼もつられてそうだとばかり思っていた。足に障害があったなんて、彼がどうして知っているわけがあるだろう。濡れ衣を着せられた犬も悔しいだろうが、彼もいらぬ心配をしたのが悔しかった。

彼がカードを差し出すと、現金はないですかと食堂の女が聞き、ないと言うと、うちは現金がいいんだけど、と言いながら女が不承不承カードを受け取った。ダヨンがお持ち帰りの蒸し豚を持って女に近寄り、いくらですかと女に聞くと、九万五千ウォンという答えだった。

「九万五千ウォン?」聞き返すダヨンの声が上ずった。「七万五千ウォンじゃなくて?」

「え、どういうこと……九万五千ウォンだけど」

「何でですか?　一万五千ウォンずつで五人なら、ぴったり七万五千ウォンでしょ?」

「五人じゃなく、六人って言ったじゃない？」

「私たちが？　私たち、五人ですよ？」

「ですから、来たのは五人」と言ってから女はミョンドクをちらっと見て「五人さまでおいでになったけど、電話では六人って言ってたから、そのつもりで準備したんだし」と言った。

「誰が六人って言ったんですか？　私？」

「お嬢さんか誰か知らないけど、電話してきた人がそう言ったんだよ確かに。六人って」

「電話したのは私ですけど？　私、はっきり五人って言いましたよ。それに、何でそこにまた五千ウォンがついてくるんですか？」

　ごはん代は別だと、女が言った。

「えー、そんな！」

　ダヨンの表情の尋常ではない変わりように、彼は不安になってきた。

「わかりました！　じゃあごはん代は払うから、五人分で八万ウォンってことで」

「何言ってるんだい？　肉代がいくらだと思ってるの？　うちの人が六人分きっちり切ったのに。だからこんなに残ってお持ち帰りするんだろ、違うかい？」

　ダヨンが、手に持った蒸し豚の袋をテーブルに置いた。

「じゃあ、これを持っていかなきゃいいんですね？」

「そういうことじゃないよ。料理しちゃったものを、どうしろと」

「どうしてだめなの？」

　これではきりがないと思って彼は割り込んだ。

「いいですよ、もうそれでレジ打ってください」

「何でそれでいいの？　私たちは何も間違ったことしてないのに、どうしてぼったくろうとするんですか？」

ダヨンがまた食ってかかる前に、彼はわざと厳しい顔をして言った。

「何だって、ぼったくりだって、原価がいくらだと思ってそんなことを？」

「ダヨン、もうそれぐらいにして外に出ていなさい。お父さんがちゃんとやっておくから」

ダヨンは彼と店の女を交互に見て身を翻すと、食堂を出ていった。彼はサインをして、ダヨンが置いていった蒸し豚の袋を持って出るとき、もしや女がごはん代の五千ウォンだけでもまけてくれていないかと領収証を確認してみたが、値引きなしの九万五千ウォンだった。


ヒキガエルと女性クルーはパラソルの下に座っており、ダヨンとほっそり君は二匹の犬と遊んでいた。彼がパラソルの方へ行くと、ヒキガエルが席から立ち上がった。一緒に一服しようと言うと、ヒキガエルは今吸ったところだからと断り、ライターをつけて差し出した。彼がライターにタバコを近づけると、女性クルーが座りやすいように椅子を引いてくれた。

「お父さん、ここにおかけください。ダヨンさんからいろいろお話は聞いていますよ」

何を聞いたのか気になったが、ああ、そうですかと彼は言った。

「丁寧語じゃなくて気楽にお話しくださいね。私たちの名前も気軽に呼んでください」

彼が目をぱちくりさせてごまかそうとすると、女性クルーがくすくす笑った。

「私たちの名前、思い出せないでしょ？　ダヨンさんの話では、名前を覚えるのが苦手でいらっしゃるって。もう一回だけ教えてあげますね。この、犬に靴を持っていかれるところだった人がプロデューサーのキム・ドンスさん、そっちのすらっとしてるのがユ・ソンテ、私はホン・ソンヨンです。わかりました？」

覚えていられる自信はなかったが、彼はわかったと言った。

「私の名前、ソンヨンでしょう？　頭に〈ソン〉がつくからソンテとは姉弟みたいだし、お尻に〈ヨン〉がつくからダヨンさんとは姉妹みたいでしょ。完全に二股かけてる名前！　私の名前だけ覚えてくだされば、三人の名前が自然と覚えられるってわけです」

自然と覚えられるどころか、むしろ混沌が上乗せされた感じだったが、彼は機械的に、ソンヨンとソンテ、ソンヨンとダヨン、そして仲間のいないカエルのプロデューサー、と心の中でくり返した。

「タバコやめなさいよ」

いつ来たのか、ダヨンが彼の指からタバコを抜き取って灰皿に押しつけて消したので、彼は驚いて卒倒しそうになった。

「あっ、あそこ、月！　もう月が出てるよ」

ソンヨンという女性クルーが手を伸ばして、まだ明るい夕方の空を指差した。果たしてそこには、彼が昼に見た三日月がひときわ明るくはっきりと光を放って浮かんでいた。視線を落とすと、徐々に暗くなってきた庭ではほっそり君が腰をかがめて犬たちを撫でており、白いシャツを着たそのやせた背中は三日月に似ていると彼は思った。

みんなどこかへ散っていき、パラソルの下には父娘二人だけが残った。彼はタバコを吸いたかったが、気がひけてがまんした。空を見ていたダヨンがだしぬけに、龍頭山（ヨンドウサン）公園のこと覚えてますか、と尋ねた。

「釜山（プサン）のか？」

「あそこで撮った写真があるでしょう」

彼のおぼろげな記憶では、彼ら夫婦が釜山に住んでいたころ、三、四歳だったダヨンを交代でおんぶに抱っこして、また歩かせて龍頭山公園に行ったとても暑い日があった。写真を撮ったかどうかは思い出せなかった。

「あそこ行ったときに、空に何かがぼんやり写ってて、お母さんがＵＦＯだって言ってたんですよ。あれ、昼月ですよね？」

「わからないな、それは」

彼の返事にダヨンはちょっと驚いたようだった。

「とにかく、ＵＦＯではないでしょう？」

「とは限らないよ。それは我々のあずかり知らない領域だ」

ダヨンはああー、とため息をついた。

「こういうときはお母さんの気持ちがわかるなあ」

「何のことだい？」

「ただ、理解できるってこと。何でお父さんみたいな人と出会ったんだろうね」

「出会うべきじゃなかったってことかい？」

彼がおどおどして尋ねた。

「わかりませんよそんなの。私たちのあずかり知らない領域でしょ、それは。ＵＦＯよりもっとね」

「そうだね」

ダヨンが立ち上がりながら、もうお帰りになるわけじゃないですよね、と尋ねた。

彼は、このまま帰るべきか、もっとダヨンと一緒に過ごすべきかわからなかった。

「私、もうちょっと撮影してくるから、それまで散歩でもして待ってます？」

「仕事、まだ終わらないのか？」

「仕事は終わったんですけどね、暇があればそれぞれで気がついたものを撮影しておくんです。私も暗くなる前に一回りしてこようと思って。ここから貯水池のあるところまではそんなに遠くないから、ちょっと散歩に行っていらっしゃいよ」

「貯水池を見てどうするんだ？」

「まあ……」ダヨンは口をひゅっととがらせて、「お父さんは何だって見る目があるんだから、行ってごらんなさいよ。昨日そこでちょっと撮ってみたんだけど、何か、妙にいいんです。カメラで撮るのと絵とは違うけど、でも、似てるところもあるだろうから」と言った。

そうしようかと言って立ち上がった彼は、手を上げて娘の肩をさっと撫でた。そんな衝動的な動作に自分でも驚いたが、ダヨンもびくっとした様子だったので、彼はすぐに手を引っ込めた。

「おっとごめんな……こういうのが俺は下手でね……」

ダヨンは彼の言葉が聞こえなかったのか、あっそうだ、と言って手をたたき、いくら払ったんですかと聞いた。

「知らんでいいよ」

「良心があるなら、ごはん代ぐらいは引いてくれたでしょうね？」

「どうでもいいだろ」

「えー？　全額取られたの？」

彼は肯定も否定もしなかった。

「全額取ったのね！」

「六人と勘違いしたんだろ？　世の中、そんなミスもあるさ」

「ミスだかわざとだか、どうやってわかるの？　一回こんなことやってうまくいったら、これからも同じことしていいんだって思うじゃないの。私、そういうの嫌なんだよね」

「あの人たち、常習のぼったくりとかそういうんじゃないよ。それにたった一回のことじゃないか？　一回ぐらい見逃してやれ」

「一回だからいい……」ダヨンが腕組みをした。「一回だからいい、見逃してやれって……お父さんはそう思ってるんですね？　そうやって見逃したら満足ですか？　一回なら、一回なら……やってもいいんですか？」

急速にこわばっていくダヨンの表情は、ミョンドクが見たこともないようなものだった。

「何でやってもいいんですか、一回なら？」

ダヨンはいきなりそう怒鳴ると、庭を突っ切って走っていった。どこから出てきたのか、大きい犬が後を追って走り、小さい犬もつられて一緒に走っている。白い犬たちとともに一瞬で消えた娘の後ろ姿を見ながら彼はすっかりめんくらってしまった。計算が合わなければ気分を害することもあるだろうが、だとしてもあの子はなぜ、これしきのことであんなに怒ってツンツンしたりカッカしたりするんだろう、ああいうところは本当に似てないと思った。

前妻は、気分の波がほとんどない人だった。いや、感情そのものはどうだったかわからないが、感情表現はいつも穏やかだった。怒りがこみ上げてきたり、許せないことがあると、黙って肘をつき、手を額にぐっと押し当てる癖があったが、額をゆっくりこすっていた手がすーっと落ちてくるまで彼はどんなにやきもきしたことか。彼がしょっちゅうへまをして、そのつど前妻が許してくれていた、龍頭山よりずっと前のことだ。そう思うと、彼の記憶にすらない龍頭山の写真は、もしかして彼ら夫婦とダヨンが最後に一緒に撮った写真なのかもしれないと、ふとそんな気がした。

このまま車で帰ってしまおうかと思ったが、ミョンドクは考え直した。今帰ったらダヨンとまたいつ会えるかわからないし、若い人たちから見てもお笑い種だろうし、何より蒸し豚の袋を手に持ったままだ。彼はペンションの主人に貯水池までの道を聞いた。とりあえず道なりに十分ちょっと、まっすぐ行くとですね……と教えてもらった通りに歩いていくと、果たして左手に狭い土の道が見えてきて、歩きやすい程度にふっくらと湿った道を回り込んでいくと、かなり大きな貯水池が現れた。

貯水池の向こうで畳々(じょうじょう)と重なっている山の上に、日が沈みかけていた。谷あいの深いところから闇が広がっていく。彼は、端から陰になっていく貯水池の水と、その表に映った山影の色が濃さを増し、水彩絵の具のように滲んで広がっていく様子を長いこと見守った。どこからか鳥が飛んできて木の枝に止まる。羽ばたきの急激な減速、翼をたたんでひらりと枝に着地するさま、枝の揺れと停止……そんな静物的な状態がどれくらい続いたか、鳥は突然枝を蹴って飛び立ち、そのあおりで柔らかな葉をたっぷり茂らせた枝がまた揺れ、また止まった。

ぼんやりと立って、鳥がもたらした小さな波紋と静けさの回復とを見守っていた彼は、今、自分の内部で何か途方もないものがそっと開き、再び閉じたことに気づいた。彼は鳥が飛んできて枝に止まった瞬間から木の枝が感じていた途方もない興奮と不吉な予感を、いながらにして味わった。鳥よ、おまえの小さな鉤のような両足がこんなにも私をとらえ、また着地するときにもこんなにも私を揺るがしたのだから、おまえが私を置いて去る瞬間には、私はまた同じくらい揺さぶられるのだろうね。そんな一瞬の感情が非現実的なまでに生々しくて、彼はほとんど苦痛を覚えるほどだった。

しばらくしてあたりを見回すと、ただの貯水池だった。それが何だったのかはわからないが、彼に訪れていたものはもう消えてしまい、二度と起きないが、その記憶を消すこともずっとできないのだろうと彼は沈んだ気持ちで考えた。一回だけなんて……一回だけだったなんて……ダヨンもここでこんな、とてつもなく強烈な「一回だけ」を経験したのだろうか。それで彼にこっそり、宝物が埋まっている場所を教えてくれるみたいに、ここでの散策を勧めたのだろうか。その瞬間、ダヨンの頑なな顔が思い浮かんだ。つまり……一回なら……一回ならやってもいいんですかというダヨンの問いかけは、食堂の女ではなく自分に向けられていたのかもしれない。何でやってもいいんですか、一回なら？　彼は息が詰まるような痛みを感じ、砂利道にしゃがみ込んだ。やっぱりそうだ。何でやってもいいのか、一回なら？

ぽっかりと空いた平地に老婆が一人残って畑仕事をしていた。老婆は手に持った鎌を畝の土に打ち込み、前年に植わっていた作物の枯れた根っこを掘り出しては白いプラスチックの容器に入れていた。畝には何の目印もないが、一定の間隔で植わっているので、老婆がグッグッと鎌を打ち込むと確実に土くれのついた根っこが抜けてきた。丸くえぐり取られた跡に新しい種や苗を植えるのだろう。

グッグッと打ち込んで根っこを抜き取り、それを容器に入れて横に一歩動き、またグッグッと切り込んで根っこをえぐり出し、容器に入れていく老婆の動作は、のろいながらも熟練しており、奇妙なリズム感を備えていた。老婆はプラスチックの容器が根っこの残骸でいっぱいになると、畑の端の畔(あぜ)に持っていって中身を空けた。仕事自体は簡単そうだが、立ったままの姿勢で腰をかがめてやるのだから、長く続けたらまともな腰でも老婆と同じ角度に曲がってしまいそうに思える。老婆の曲がった背中は、ほっそり君の背中と違って牡蠣殻のようにごつごつしている。あの老婆は夕食も食べずに今ごろまで仕事をしていたのだろうか。

ミョンドクがタバコをくわえてポケットを探っているとき、誰かが「お父さん」と呼ぶので振り向いてみると、足を引きずって近づいてくるシルエットはヒキガエルだった。ヒキガエルは、それが自分の任務ででもあるかのように黙々と彼の方へライターを差し出して火を近づけ、彼が一緒に吸おうと言うとこんどもまた、向こうで吸ってきたところだからと言って後方を指差した。ヒキガエルが指差したところにはシルバーの敷物が敷いてあり、その上に黒っぽい撮影機材が置いてあった。

「あそこに座られますか？」

「私は大丈夫ですよ。そちらこそ、足も不自由なんだから、お座りなさい」

「いいんです、お父さん。それと、丁寧語はよしてください。私はキム・ドンスです。気軽にドンスって呼んでください」

「ああ、そうだね……」

「呼ぶから覚えられるんですよ。覚えたから呼べるんじゃなくて」

「そうなのかな」と彼は笑った。「ところでドンス、君は……こんなことを聞いてもいいかわからないが、足はどうして……？」

「ちょっと前に足首が痛くて病院に行ってみたら、靭帯が切れてると言われたんです」

「もともと悪いんじゃなくて？」

「もともと悪いんじゃなくて、いつ切れたのかもわからないくらいで、でも切れてるんですって。手術するまではこうやって移動しろというんです」

「手術すれば治るんだね？」

「はい、手術すれば治るそうです。この撮影が終わったら手術の日程を決めるつもりです」

それはよかったと言いながらも彼はちょっと恨めしい気がした。ドンスの足に先天的な障害があるわけでもないのに、ダヨンはなぜ、犬が靴を持っていった話をしたとき、途中で笑うのをやめて責めるような目つきをしたのだろう。

「ところでドンス、君どう思うかな？」

「何をですか、お父さん？」

「あのおばあさん、夕ごはんを食べたかな、まだかな?」

「まだでしょう。たいてい、夕食後はもう仕事はされませんからね。お風呂に入ってからごはんを召し上がるんですよ」

「だよな? だったら、これをあのおばあさんにあげたらどうだろう? 肉も野菜も調味料も全部そろってるし」

彼が、蒸し豚の入った袋を持ち上げて見せた。

「あ、それはちょっと、そうですね」

「そうだろ?」

「近ごろ、地方の人たちは毒物とか劇物とかそういうのに敏感ですから」

「え、毒物? 劇物?」彼は予想もしなかった言葉に吹き出した。「まあ、全然知らない人がくれた肉なんて食べたくないかな、犬じゃあるまいし……」

その瞬間、彼は失言したことに気づいて口をつぐんだ。ドンスが笑いをこらえるためにクッという声を出したが、そのときも何だか「ふっ」と泣く声のように聞こえた。

「とにかく、この肉はね、お父さんが支払いをされたからお父さんの所有ではありますけど、私が先にいただいたんですから」

「そりゃすまん。勝手にあげようとして」

「おばあさんがもう帰られるようですよ。手を洗っているところを見ると、これから食事らしいですね」

「そりゃ、よかった」

「そろそろ私たちも帰りましょうか？」

「そうだね」

ドンスが敷物のところに戻って片づけはじめた。

「ちょっとそれを持っていようか？」

「じゃあ、これを持っていただけますか？」

ドンスに手渡された、カメラが取りつけられたショルダーリグは、木馬とか子犬のロボットのような形をしていた。ドンスは敷物をたたんでバッグに入れてからショルダーリグを受け取り、上着を身につけるようにしてそれを装着した。彼は、足を引きずっているドンスの歩調に合わせてゆっくりとペンションへ向かった。

「君はプロデューサーだそうだけど、陶磁ビエンナーレでいったい何を撮ってきたんだい？」

「わあ、お父さん！　名前は覚えられないのに、私がプロデューサーだってことは一度で覚えたんですね」

「プロデューサーは……固有名詞とは違って意味が入ってるからね」

それはそうですねと言ってからドンスは、嶺東(ヨンドン)線をずっとたどっていく旅もののドキュメンタリーを作っているのだが、来年の平昌(ピョンチャン)オリンピックの期間に特集として放送される予定で、彼らも今日陶磁ビエンナーレに行ったが無駄足だったので、土日にもう一度行く予定であり、次の行き先は原州(ウォンジュ)、横城(フェンソン)の順になると静かに説明してくれた。彼は、ダヨンがどんな業務を担当しているのか気になって、遠回しに聞いた。

「君はプロデューサーで、そしたら他の人たちの業務はどうなってるの？」

「ドキュメンタリーっていうのはですね、お父さん。誰々がプロデューサー、誰々がカメラ、放送作家、渉外って分担が一応決まってはいるけど、あんまりそれに縛られないんですよ。みんなで集まって構成決めて、四人が一緒に動くこともあるし、二人ずつ組になって出かけることもあるし、それぞればらばらに撮影してくることもあって。それで後で一緒に編集するんです。主に共同作業なんですよね」

「そうなのか」そして彼は、どうしようかなと思った後で聞いてみた。「ところで君は、どうして灰皿のふたをちょっと開けとくの？」

「え？　私がですか？」

「パラソルのところの灰皿のふたが、ちょっと開いてたみたいなんだけど」

「ああ、あれですか……開けたような気もしますけど、何でそんなことしたのかよくわかりませんね。匂いがこもらないようにしたのかな？」

　屋外の灰皿だからそんなこともあるだろうと、彼は思った。室内の灰皿だったら絶対許されないことだが。

「ところでお父さん、お急ぎじゃなかったら、今夜一晩泊まっていかれませんか」

「え、何で？」

「私たち、帰ったら一、二時間編集作業しなくちゃいけないんですけど、その間お父さんはダヨンさんとデートなさって、夜は私たちも仕事が終わっていますから一緒に一杯どうかと思いまして。車で来られたんでしょう？」

「うん、車で来た」

「だったら、泊まっていかれたらいいですよ。明日の朝、酔い醒ましの食事でもして。ヘジャンクク（二日酔いの朝に飲むスープ）のうまい店があるんですよ。こんどは私たちがごちそうしますから」

「ダヨンがそうしようって言うかもしれないね」

「わあ！　そんなふうにも見えないのに、お父さんがかわいがってこられたからですかねえ。父と娘の仲がそんなにうまくいってるなんて羨ましいですよ、お父さん」

いや、それほどでもないけどねと返事しようとして、彼は口をつぐんだ。お父さん、お父さんと言われつづけていると、ドンスが息子のようでもあり婿のようでもあった。ヒキガエルのようなたくましい息子という言葉があるが、なぜそんな言葉が生まれたかわかるような気もする。彼に息子がいたら――そんなことは一度も考えたことがなかったが、万一いたら、息子は彼を理解してくれただろうか。一回ならいいさ、とわかってくれただろうか。


　ダヨンは彼が泊まっていくことについて何も意見を言わなかった。ただ、彼が泊まる部屋に来てあちこち見回し、じゃあゆっくりお休みくださいと言っただけだ。彼がこれを持っていけと言って邪魔な蒸し豚の包みを差し出すと、ダヨンはしばらくそれを持って立っていたが、黙って行ってしまった。ドンスが何か話しておいてくれたはずなのに、編集だか何だか、どうしても仕事をしに行くところを見ると、彼と二人きりになりたくないことははっきりしている。仮にそうだとしても、致し方なかった。

　彼はしばらく窓ぎわに立って、スズメバチをじっと見ていた。大きな、獰猛そうなスズメバチは窓枠のあたりをぐるぐる飛び回り、何とかして部屋に入ろうとしているようだった。外は都会の夜とは違う漆黒の闇だ。スズメバチが入ってきそうなので、彼は窓も開けずにタバコを吸った。狭い室内をうろうろし、ベッドの横に座り込んだ。身をよじって腕をベッドのマットレスに載せ、その上に頭を埋めた瞬間、彼は、こんな時間にはとても耐えられないと思った。こんな時間というのが何のことか特定できなかったが、耐えられないという感じだけははっきりしており、何もないのに涙が出てきそうな悲しみと疲労を感じた。

彼は自分が何に怒っているのかわからなかった。いや、ダヨンのせいだ。夕方もあんなきつい言葉を吐き捨てて行ってしまうし、こんどもまた、音楽も聞けない、網戸もお粗末な、浴室に蜘蛛の巣までかかっているような落ち着かない部屋に自分を放ったらかして、なぜゆっくりお休みくださいなどと臆面もなく言えるのか。そんなに自分の父親を後回しにして、どうでもいい他人ばかり大事にしていると、結局まともな扱いも受けられず、一生嫌な目にばかりあって死ぬ羽目になるだろう。自分の母親みたいにな。彼は怒りがこみ上げてきて、携帯電話を取るとメールを打った。

——もう寝る。起こすな。

彼は自分が打ったメールの内容をじっと見てから送信ボタンを押した。即座にそっけない返事が来た。

——はい。では、おやすみなさい。

彼は携帯の音を切って電気を消し、ベッドに横になった。何もかもわずらわしい。マットレスを押さえつけている自分の体重も、閉じたままぶるぶる震える両方のまぶたも、頭のあたりでスズメバチのようにぐるぐる回っている考えも。最近の彼はときどき辛くて、時を選ばず涙が出た。人生は彼をここまで連れてきておいて、彼が何とか生きようとしている今になってじわじわと力を抜き、さあ、もうそろそろだ、そろそろ死ぬ準備をしろと言っているかのようだった。希望なんてないな、と彼は泣くようにつぶやいた。いっそ一太刀で断ち切ってしまいたい。蒸発したい、消えてしまいたい、今、この瞬間、もうこのまま……

失神したように彼はちょっとの間眠ってしまい、夢の中でどこか暗い道をひたすらに歩いていた。遠くから誰かが複雑な器具を持って彼の方へゆっくり近づいてきた。彼はそれがカメラだと確信した。俺を撮るのかと聞くと相手は首を振って否定する身振りをしつつも、まだ彼を撮るような姿勢でとぼとぼと近づいてきた。彼は血管が破裂するほど拳を強く握りしめた。適当な距離に入ってきたら、あいつをめちゃくちゃにたたきのめしてやろうと決心したが、黒い木馬はそれ以上近づきも遠ざかりもしなかった。彼は拳を握りしめ、ぶるぶる震えながら立っていたが、ある瞬間、ぶるぶる震える拳だけを残して彼は影も形もなく消えてしまった。いや、彼自身が黒い木馬のレンズになっていた。彼はレンズになって、暗い虚空で痙攣する自分の拳を微動だにせず見おろしていた。

短い眠りから目覚めた後、彼はほとんど寝られず、明け方にまた少し眠って起きてみると、窓から明るい陽射しが容赦なく照りつけていた。カーテンもない部屋だったのか。彼はしばらく、まぶしくて目が開けられなかった。それでも夜は過ぎた。

「よくお休みになれましたか、お父さん？」

ミョンドクが食堂の板の間で、ずらりと並んだ酒びんに関する主人の長話を聞いて出てくると、庭で女性クルーと話していたほっそり青年がぺこっと挨拶をした。振り向いた女性クルーも彼に頭を下げてみせ、ほっそり君にわざと大声で言った。

「ソンテ、今朝は胃の調子、どう？　昨日お肉をたっぷり食べたもんね」

そう言いながらミョンドクの方をそっと見たが、その瞬間彼は、気を遣ってくれていると思った。あの連想暗記法のお嬢さんは、この年寄りに同情しているんだ。だからといって気分が悪いわけではなかった。彼はパラソルの下の椅子に座ってタバコをくわえながら、あの青年がソンテならお嬢さんの名前はソン……ソンヨンだなと思い、複雑なジグソーパズルがすっきりはまったような満足感を覚えた。

どこから見ても如実に春らしい、あたたかな朝だった。空気には堆肥の臭気と甘い花の香りが混じっていた。咲ききった梅からは花びらが落ちており、昨日はつぼみだったれんぎょうと木蓮が今日は満開で、桜のつぼみもちらほら白っぽくなっている。一夜にしてもう……ドンガラガッシャーンってところだな、と彼はつぶやいた。固かったつぼみが一瞬ではじける様子は、空中に張られたガラスが割れるところみたいでもあり、まるで的外れではないという気がしたが、開花とドンガラガッシャーンという言葉が似合ってないことは彼も認めるしかなかった。夜中にいっせいに爆発したように咲いた春の花たちを何と言ったらいいのか、ちょっと言葉を考えてみたがやめてしまった。留学を終えて帰ってきた後、言葉が出てこなくて、胸をかきむしりたいほどじれったかった若いころのことが思い出された。

「もうちょっとしたら、なずなも摘めますね」

庭を見回しながら、ソンヨンが言った。

「いつ？」

背後からダヨンの声がしたので、彼はすぐさまタバコを消した。彼が開けたとき、灰皿のふたはきちんと閉まっていたが、昨日彼が閉めたままか、その後ドンスが吸って閉めたのかはわからなかった。

「あと一週間か十日ぐらいかな？」

「そのころ私たち、もう、いないじゃないですか」

「なずなはここだけに生えてるわけじゃないからね。移動しながら摘めばいいの。時期が大事なんだよ。花が咲いたら食べられないから、咲く前のを摘むのが大事」

「摘んだらどうするんですか？」

「宅配で母に送ろうと思って。うちのお母さん、そういうの大好きだからさ。前、よもぎ摘んで送ってあげたらほんとに喜んで」

彼はダヨンの顔を見られなくてやきもきしていたが、一方ではほっとしてもいた。母親によもぎだの、なずなだのを摘んで送ってやる娘の気持ちなど彼には想像もつかないが、ダヨンはどうなんだろう……羨ましいだろうか。そういうことができないから、震えるほど羨ましいのだろうか。つまり、前妻が死んでから……約八年になるが、ダヨンはまだ……

「スズメが死んでる！」

彼が振り向くと、食堂の靴箱のそばでドンスが下を向き、ダヨンがしゃがんでいた。どらどらと言いながらソンヨンとソンテが走っていき、彼も立ち上がってそっちへ行った。

「体には傷がないし、よく太って健康そうだから、食堂のガラスに頭をぶつけて死んだんだね」

彼がそう言うとドンスが、じゃあ死因は脳震盪ですねと言った。みんなくすくす笑ったが、ダヨンは驚いたように叫んだ。

「これ、ここに放っておいちゃだめですよ、先輩！　アロンとダロンが見たら大変じゃないの」

「そうだね」

ドンスがすぐに手を伸ばして、死んだスズメの尾をつまんで持ち上げた。

「僕にください、先輩」

ソンテが手を差し出した。

「犬が見つけないように、遠くに持ってって埋めるんだよ」

「はい、先輩」

ドンスがスズメのしっぽをつまんで渡すと、ソンテが受け取った。まるで小川のほとりで捕まえた小さな魚の尾を持って手渡しする少年たちみたいだと彼は思った。


駐車場に見送りに来たダヨンが、じゃあさようならと言い、彼はわかった、戻りなさいと言った。車のドアを開けると、ダヨンが何かぶつぶつ言った。

「何だ？」

ダヨンはすぐに返事をしなかった。

「どうしたんだ？」

「いつもそうやって自分勝手なんですね。みんながヘジャンクを食べてからお帰りなさいって引きとめてくれてるのに、無理やり帰るなんて」

「酒も飲んでないのに酔い醒ましなんて変じゃないか？」

「だからお酒のことだって、昨日キム先輩と飲む約束しておいて飲みにも来ないし、いつだって自分一人でああだこうだって」

自分一人でああだこうだとは、父親に向かってなぜそう失礼な口がきけるのか、彼は呆れて車のドアをバンと閉めると振り向いた。

「そう言うおまえこそ、他人にはずいぶん親切だが、俺には何であんなに薄情なんだ？　犬が靴を片っぽ持ってったとき、いや、持ってったと思ったときもそうだし……」

ダヨンはちょっと笑ったが、彼は笑わなかった。

「ここの主人だって靴の片っぽを探していたところを見れば、ドンスの足が悪いのを知らなかったのに、俺が知ってるはずがあるか？」

「あ、キム先輩の名前も覚えたのね？」

「もちろんだ！　ドンス！　ソンヨン！　ソンテ！　全部知ってる。ドンスの足は手術すれば治るっていうのに、俺のことばっかり、何もわかってない人間みたいに妙ににらみつけて……」

「それはキム先輩のせいじゃなくて、お父さんがよく知りもしないくせにダロンに濡れ衣を着せるから」

「ダロンって小さい方の犬か？」

「はい」

「それじゃダロンが……いや、俺が、ダロンに濡れ衣を着せたのか？」

「わかりましたよ」

「何がわかったんだ？　昨日の酒の約束だって、俺が守らなかったとか何とか言うが、ごはん代を多く払ったからってあんなに怒ったり、俺の部屋に来てもあんなにひゅーっと行っちまって、その後連絡もよこさないし、それで俺に何をどうしろっていうんだ？　俺が嫌で避けてるのかと思って行かなかったのに、何だってやたらと俺にばっかり……」

　彼は一瞬、妙な既視感を覚えて口をつぐんだ。昨日、昼食の際に一杯やったとき、ユン画伯が自分に「ほんとにナム教授は、何だってやたらと私にばっかりそんなことを言うんです」とぼやいたときのひどい嫌悪感がぶり返した。彼はがっくりきてしまい、何で驪州（ヨジュ）に来たのだろう、昨日夕食をおごった後すぐに帰ればよかったのに、何が欲しくて一泊し、まだぐずぐずしているんだろうと悔やんだ。

「そうじゃないんですよ」

「もういいよ、行きなさい」

　彼は挑発するようにポケットからタバコを出し、ダヨンがあと一言でも言ったら、ありったけ不満をぶつけてやろうと思った。

「昔、お母さんが……」

　彼はぐっと感情が込み上げてきた。

「おまえ、いったい何で……ここでお母さんの話を持ち出すんだ？」

「お母さんが、お父さんは残りものを絶対食べないって言ってたんですよ」

「それがどうしたんだ？」

「つまみになるものは残りもののお肉しかなかったから、私、夜、バスに乗って果物とかチーズを買いに行ったんですよ」

「それが何だ？」

気持ちとは反対に、つっけんどんな言葉が出てきた。

「ここからバスで買い出しに行ったらどんなに時間がかかるか知ってます？　そうやってせっかくつまみも買ってきたのに、お父さんからは寝るってメールが来るし、ほんとにもう」

「え、お父さんの車があるのにどうしてバスで行ったんだ？　危ないじゃないか？」

彼は大声を出した。二人はちょっとの間、黙って立っていた。彼はいじっていたタバコの箱をポケットに突っ込んだ。

「それでも、俺は帰るよ」

「わかりました。体に気をつけてね」

「ダヨン、おまえも、撮影日程が長いんだから、エネルギーを備蓄して頑張るんだぞ！」

彼は手を差し出して娘に握手を求めようとしてやめた。ダヨンがふっと笑った。

「何で笑うんだ？」

「だって、備蓄とかそういう言葉も笑えるし……でもお父さんに会って、いいことが一つだけありましたよ」

「何だ？　肉か？」

ダヨンは耳も貸さずに、食堂の庭の方を指差した。

「昨日あそこで、お父さんが、こういうのが下手でごめんって言ったの、あれはよかったですよ」

彼はそれを聞いてすぐに機嫌が直った。

「そう言うおまえは、おまえだってスキンシップは苦手なのに、それがどうしていいことなんだい？」

「え？　違う違う、スキンシップじゃなくて、お父さんが、『こういうのが俺は下手でね』って言ったこと」

「つまり、親密さを表すとか、そういうのが俺は下手なんだよ」

「あー、いらいらする。そうじゃなくて、お父さんが、何々をしてすまなかったって認めたでしょ、そういう態度がってことですよ」

「あ、そうか……」

　その瞬間、目の前に霞がたれこめてきて、ダヨンの姿がぼんやり遠ざかるのを彼は感じた。顔を上げて空を見ると、薄青くぼやけた空に丸い網目模様がゆらゆらする。飛蚊症のせいだろうが、最近彼はひどく目がうっとうしくかすむので、白内障か緑内障ではないかと疑っていたのだ。

「それにしてもお父さんって、人の考えを読む特殊能力でもあるの？　そう言うおまえは、そう言うおまえはってしょっちゅう言ってるけど？」とダヨンはぶつぶつ言っていたが、やがて心配そうに問いかける声が聞こえてきた。

「お父さん、どうしたの？」

「うん……ちょっと、目が……」

　目に濁った涙がたまって、彼は目をぱちぱちさせた。

「目がよく見えないの？　じゃあ、あそこに昼月が出てるの見える、見えない？　すごくきれいな月だけど」

「月？　昼月がまた出てるのか？」

　何も見えないし、何がどうなっているのかわからない。

「見えないよ、ダヨン」

　彼は少し怖くなった。

「見えないの、お父さん？　病院では何て言ってるんですか？」

「うん、それは、行ってみないと……」

「お父さん！　気は確かなんですか？」ダヨンが大声を出した。「何でちゃんと病院に行かないんです？　子供ですか？　一人で行けないんですか？　見えなくても音楽はできるし文章は書けるけど、写真は撮れないし絵も描けないってこと、知らないんですか？　ああもう、ほんと、呆れちゃう！　何考えてるんだか……」

　ダヨンがだだだだだっと走っていく音がした。


　ミョンドクは沈奉事（シムボンサ）（朝鮮時代の小説「沈清伝」の主人公・沈清の父親で目が見えない）になった気分で手探りで車のドアを開け、車に乗り込み、グローブボックスを開けてティッシュを出し、涙を拭いた。目をつぶっては開けてをしばらくくり返すと、ぐにゃぐにゃになっていた世界がだんだん本来の姿を取り戻してきた。ダヨンが戻ってくるかと思ってしばらくドアを開け、タバコも吸わずに待っていたが、ダヨンは来なかった。帰るなら帰ると言うべきだろう。あの子はいったい何であんなに自分勝手に生まれついたんだか。

　彼はドアを閉めてエンジンをかけ、出発しようとして、車窓の向こうに三日月を見た。昨日より太く見えるから、ちょうど今から満ちていくところらしい。そういえば昨日から今日にかけて、彼は誰かの人生を一覧するかのように朝の月、午後の月、夕方の月を全部見た。どうしてその全部が「昼月」と呼ばれているんだろうと考え、日が上った後に見える月は全部昼月なのだろうと思った。

太陽はいつも昼間の月に会うだけで、だから太陽の立場としては、夜に出ている月は永遠に知らないままなんだなと、そんなことを思いながら彼は車を駆って、農家のペンションの駐車場を出ていった。

爪

お母さん、電話出てよ、どうしたの、話してよ、話してくれないと何があったか私、わからないじゃん、お金、大丈夫なの、誰かにだまされて使ってないよね、お母さんが全部使っちゃってないよね、何か事情があったんだろうけど、私もかせいで、お母さんもかせいで、二人でかせいですぐ返したらいいじゃん、私はいいけど、ソヒはまだ小さいんだよお母さん、子供みたいなもんよ、でももう中学に上がるんだよ、お母さん、ソヒが待ってっから、このメール見たら絶対電話して

ソヒは起きて目もちゃんと開かないうちにボイラーをお湯に切り替えた。狭い浴室で髪を洗って出てくるとタオルで拭いて乾かし、温めた牛乳にシリアルを入れて、おかゆのようにすくって食べた。昨夜、通勤バスで帰ってくるときに聞いたラジオの天気予報で、明日はこの冬初めて昼間も零下に下がる寒い日になるだろうと言っていた。携帯電話を見ると「午前七時十分　零下五度　だいたいくもり」と出た。髪がすっかり乾いてから家を出たら遅れる。出勤に遅れるのではなく、通勤バスの始発に。ソヒはバスが好きだ。通勤バスはソヒの最大の喜び、最大の贅沢だ。

パーカーに長い髪を押し込み、ニット帽を深くかぶり、その上にパーカーのフードをかぶる。手袋をはめる前にちらっと右手の親指の爪を見た。みっともない……。飲み薬を飲んでるし、塗り薬

も塗ってるのに治らない。マフラーをぐるぐる巻きにしてドアを開け、屋上に出ると、すさまじい風が吹きつけてきた。手袋をはめた手で鉄の手すりにつかまり、外階段をよろよろ降りていく。マフラーを押さえ、速足で地下鉄の駅に向かって歩いた。転職してよかったのかなあ——いや、よかったんだよ。よかったのかなあ——よかったんだよね。

ソヒは三週間前に、ソウルのはずれにあるSショッピングテーマパークの店に移った。前の勤め先では一か月に百六十万ウォンもらっていたが、こんどの店では百七十万ウォンもらうことになった。十万ウォン上がってよかったとばかり言っていられないのは、以前は出勤に五十分しかかからなかったが、今は一時間三十分もかかるからだ。行きと帰りを合わせれば一日あたり一時間二十分も通勤時間が余計にかかる。時給にしたら八千ウォン以上だ。

八千ウォンとしたって一か月に二十四万ウォン、休日四日分を差し引いたら二十万八千ウォンだ。世の中のどこにも通勤時間に時給を払ってくれる会社はないが、通勤にあんまり時間がかかるので考えてみずにはいられなくなり、計算してみたらそういうことだった。二十万八千ウォンだなんて。ここでは社食代が一食二千ウォンで、前の店より千ウォン安い。一週間のうち火水木の三日は職場で一食食べ、金土日の三日は二食食べるから、一日平均にすると千五百ウォンの得だけど、それでも八千ウォンに比べたら、毎日八千ウォン分の時間を道端に捨ててしまうことに比べたら。

今の店に移るときには、通勤時間がどんなに長くても給料が多い方が絶対いいと思っていた。いざ移ってみると、必ずしもそうでもなかった。特に早朝、目が覚めたとき。地下鉄にずっと乗っているとき。それでもここには、地下鉄の駅からSショッピングテーマパークまで運行される通勤バスがある。もちろんバス代は払わなくてはならないが、ソヒはその料金は惜しくない。始発に乗れば座って行けるし、運がよければ窓際の席に座ることもできる。そうすれば朝の陽射しで川の水がきらきら、そしてあたたかい。どこか遠足にでも行くみたい。

地下鉄の入り口付近で誰かが走り出すとつられてみんな速足になる。ソヒも走る。ソヒは小学校のとき駆けっこの選手だった。百メートル走ではそのへんの男子選手より速かった。改札口を通過するとき、列車が到着するという放送が聞こえた。二段抜きで駆け降りて、五—六番の車両番号の前に並ぶ。

小学校五年生のとき、体育の先生がソヒに陸上をやってみたらどうかと言った。それを伝えると母さんはだめだと言った。何で？　だってそれをやるのに、どんだけ金がかかると思う？　どっか練習行ったり靴買ったり、それだって全部、金がいるんだよ、金。ホームドアと列車のドアが開いて人々が降りる。背後から誰かがむやみに押すのを感じながら、ソヒは列車に乗る。

体育の先生は何度もソヒを呼んで同じことを言った。一生けんめい練習して大会に出て賞をもらえば、すっかり援助してくれるところがある、学校や体育協会みたいなところが責任を持ってくれるんだと。その話を伝えると母さんは鼻で笑った。何だい、またかい？　だってそれまではどうすんのさ？　それまでって……いつのこと？　いつって何だよ、賞もらうまでだよ。それに、賞もらえなかったらどうすんの？　当時は別に残念とも恨めしいとも思ってなかったが、最近になってたまに、陸上をやってたらどうなってたかなとソヒは思う。何も考えず必死で速く走りさえすればいいのだし、それで大きな大会で賞をもらっていたらどうなってたか。母さんはともかく、姉さんは私のそばを離れなかったんじゃないか。

　列車が駅に停車しても降りる人はなく、大勢乗ってくるばかりだ。駅と駅の間、押すな押すなで、誰かの手の中にぎゅーっと握りしめられたみたいになって立ったまま、十五駅分も乗って行かなくてはならない。座って行ったのはいつだったっけ。ソヒは急に右手の親指の爪に刺すような痛みを感じ、手袋をはめた人差し指で手袋をはめた親指をそっとさすった。それで痛みがなくなるわけではないけど、もう癖のようになっている。

　いつだったかわからないが、真昼に地下鉄に座って乗っていったことを思い出した。そして、突然襲いかかるように車窓に降り注いだ、まぶしく華やかな陽射しを見たことも。列車は漢江(ハンガン)を渡っていたのだろう。川の波とビルのガラス窓がきらきら光っていたけれど、光り輝くビルの中に一日じゅう閉じ込められて過ごすソヒがそんな時間に電車に乗って、そんな陽射しを見たことがあるはずない。夢だったのかな。

　夢ではなかった。始発の通勤バスに乗り換えてSショッピングテーマパークに向かうとき、窓から降り注いできた朝の陽射しを見てやっとソヒは思い出した。あの日だったのか、そうだよ。もう四か月以上前だ。大学病院の救急センターで処置を受けて家に帰る途中だったのだ。その日ソヒは刺すようなあたたかい光、川の水やビルや、すべてのものをおのずから輝かせる光、無慈悲で公平で、無心で全能の光を見た。まぶしくて目に涙がたまったっけ。列車がまた暗いトンネルの中へ入ってからやっと涙がこぼれた。親指の爪が半分ぐらい折れるような目にあってやっと味わえた昼間の陽射しは、そんなにも短くて強烈だった。ソヒは川べりを走る通勤バスの窓にぴったりくっついて、朝日にきらめく川の水を見る。ソヒはバスが好きだけど、バスは悲しい。つまり悲しいのはバスではなくて陽射しだが、悲しくても好きなもの、何でそんなものがあるのかソヒにはわからない。

つまり、今年の夏の八月ごろ、前の店に勤めていたときのことだ。返品チェックをする日で、朝から忙しかった。一緒にコンテナの片づけをしていたミンギョンさんが言った。学校とバイトと両方はちょっと無理みたい。ミンギョンさんは京畿道（キョンギド）のどこかの大学に通っているそうだ。両方は無理ですよねとソヒは返事した。すごく大変で、どっちかは辞めないといけないみたい。すごく大変なら、どっちかは辞めたらいいですよね。ソヒがそう言うとミンギョンさんはくすっと笑った。

うん、まあ、この問題については今、お母さんと協議中なんだけどね。

その瞬間、ソヒはコンテナを持ち上げようとする動作を途中で止めた。今、ミンギョンさんは何て言ったのかな？　慣れない気配を察知したうさぎみたいに、耳がピンと立った。

お母さんが、しんどくても次の学期まで終えてから休学しなさいって。そうすれば……

ソヒはもうミンギョンさんの言うことを聞いていなかった。いや、スペックとか就職とかいった言葉は聞こえたが、何の意味もない呪文みたいに聞こえた。固い殻の中に閉じ込められた感じ、かりかりに焼かれたお菓子みたいに、外側はだんだん焼き色がついて固くなっていくけど、中には煮えたシロップみたいに熱い血がみなぎっている感じ、外と中が分離された感じだった。ソヒは全身の気力を集めてスポーツシューズの箱がぎっしり詰まったコンテナの下に手をバッと突っ込んだ。そしてコンテナを持ち上げる代わりに、アハハという声を上げて座り込んだ。熱いガスが龍のように口から吹き出すのを感じた。コンテナの下からゆっくりと手を出したとき、長い、細い悲鳴がミンギョンさんの口から飛び出した。コンテナの下に飛び出していた太い固定金具がソヒの右手親指の爪をぶすっと貫通し、爪の半分がめりっとはがれて後ろに折れて、肉が裂けていた。アハハ……むごたらしい痛みとともに、奇怪に引っくり返っていた爪の形をソヒは忘れない。忘れられない。アハハ……アハハ……

あの日なぜそんなことをしたのかというと、そのときソヒは、焼けて、焼けて、ついにパキーンとひびが入りそうな状態だったから。吹き出す穴が切実に欲しいときだったから、つまり、爪でもどこでもめりめり割れたらいいのに、ピシピシ裂けたらいいのにと思うようなときだったのだ。アハハ……おかしくて、死ぬかと思ったんだ。お母さんと何をしたって？　協議？　お母さんと協議をするの？　アハハ……ミンギョンさんがあんなにソヒを笑わせてくれたから、ソヒはコンテナの下にいきなり全身の力をこめて手を突っ込んだのだし、それで爆発したのだし、まだ癒えてないのだし。

始発の通勤バスは八時四十五分にSショッピングテーマパークの4A駐車場に到着した。広々とした駐車場はまだ空っぽだった。ソヒは混乱した。つまりあのときのあれ、まさかあれが……そうだったのかな？　協……議……協……議……口にするたび変な言葉だった。協……議……ああいうのも協議といえるのかな。陸上について母さんに聞いてみたこと、あれはソヒが母さんと何かを協議したってことになるのか。進路だとか、未来だとか、そんなことを協議……したんだ。ああいうのも協議っていえるのかな。空っぽでも駐車場は駐車場だし、空っぽでも部屋は部屋だというなら、空っぽで、内容もないし、やりとりもなく何もなくても、あれも協議といえば協議だったのか。ソヒと母さんが協議したこと……

あんなこと、と、手袋をはめながらソヒはまた右手親指の爪をまじまじと見る。炎症を起こして腫れ上がっていた肉がごわごわにこわばって、表面には灰色の角質がうろこのように重なっている。爪の半分が取れてしまった跡に、気持ち悪い虫のような、どす黒いこぶみたいなものが残った。みっともない……ミンギョンさんもそう言った。女の子の爪がそんなでどうすんの、また病院に行ってごらん。女は、顔の次に手なんだよ。それでまた病院に、行くことは行ってみた。傷に細菌が入り込んだのを放置したためこうなったのだと、二か月ほどは薬を飲み、塗り薬も塗って様子を見ようと医師は言った。爪の周辺に神経が集まっているので外科手術はできるだけしない方がいいとも言った。二か月以上薬を飲んで塗っているが、ちっとも治らない。来週も病院の予定が入っている。その前に奇跡のようにこぶがとれて新しい肉が出てくるかどうか、ソヒにはわからない。

今日もマネージャーはソヒに愚痴をこぼす。ジンスさんがまた出てこられないというのだ。またですか？　そうなんだよ、また！　だから今日はソヒが一人で残業して、来週の火曜日の午前中を休みにしたらどうかというのだった。ソヒは、わかった、今日は一人で残業して、来週火曜日には午後から出ると言った。マネージャーはありがとうと言い、男ともあろうものがほんとに、何で毎日あんなのかわかんないねとぶつぶつこぼす。男ともあろうものが……とソヒも途中までつぶやいてやめる。

ジンスさんはこのスポーツ用品店で唯一の男性従業員だ。店長夫婦は交代で出てきて、マネージャーと女性スタッフのスヨン、ソンウン、ソヒ、そしてジンスさんが働いている。いちばん若いソヒ、ここに来て一か月にもならないソヒの販売実績がいちばん高い。顧客対応の特別なノウハウがあるわけでもないし、話術が巧みだとか、商品説明がうまい方でもなかったので、一緒に働く人たちはなぜそんなことになるのか理解できなかった。初めの何日かは偶然だ、運がいいだけだと思っていたが、ずっとそういう結果が続くのでちょっと不思議に思い、やがて、ああ、あの子は、話術が巧みでもないし商品説明がうまくもないから売れるんだとわかった。

つまりソヒは、顧客の側から見ると若くて、気楽に話せて、扱いやすく、何より顧客が何か言うとその言葉をオウム返しにくり返すので、それで売り上げが伸びる子なのだった。自己主張というものがなくて、すごく「ぶなーーん」な子だけど、存在感のなさというのも才能といえば才能だとマネージャーは言った。あんなに無意味で無価値で存在感がないのも才能といえば才能なんだというふうに、スタッフたちも理解していた。

ソヒと違ってジンスさんは販売実績もびり、出勤率もびり、月給もびりだが人気があった。気さくな性格で、女性スタッフの多い店でもそうだった。みんな、彼は長続きしないだろうと心配していた。だがソヒは、ジンスさんのことはどうでもよかった。一日じゅうへらへらしゃべってて、男ともあろうものが……

ソヒは父さんのことを覚えていないが、姉さんの話では、父さんはいい人で無口だったという。いい人なのはともかく、無口な人というのがソヒは気に入った。父さんはソヒが三歳のときに、タコをとりに行って事故にあったそうだ。干潟に水が上がってきたのだが、父さん一人だけが逃げ遅れて助からなかった、一緒に行った人たちが助けようとしたけど助けられなかったという。

干潟ってそういうところで、どんなに助けたくても、ほんのちょっと離れたところで人が胸まで、首まで、鼻やおでこまでじわじわ吸い込まれていくのがはっきり見えるのに、全然手が出せないところだそうだ。みんな姉さんがしてくれた話だ。そのくせ姉さんは、いざ自分の父さんのこととなると何も覚えていなかった。それは母さんが話してくれるべきことだったが、母さんは、姉さんの父さんについても、ソヒの父さんについても口を閉ざしていた。

母さんはいつも働いていたが、しょっちゅうけがや事故や病気に見舞われて、休む日が多かった。腕が折れたり、熱いお湯が太ももにかかったり、耳の中が膿(う)んだり、足首をくじいたり、腰痛がぶり返したりした。姉さんは、母さんは悪い人、しゃべらない人になっていくと言っていた。しゃべらないのに、いい人か悪い人か姉さんは何でわかるんだろ。考えてみると、実は姉さんも知らなかったのだ。母さんがどれほど悪い人になっていたかを。だからだまされたのだし。

母さんがいなくなったのは、ソヒが小学校六年生の冬休みを迎えた日だった。家に帰ると母さんがいなかった。当時母さんは食堂で働いており、ソヒが帰ってくる前に食堂に出勤することが多かった。カムジャタン(豚の骨つき肉とじゃがいものスープ)の店だったか、ポッサム(ゆで豚とつけ合わせを葉野菜に包んで食べる料理)の店だったか、両方出す店だったたか、もう他の店に移っていたか、母さんが言わなかったからよくわからないが、とにかく、服に染み込んだ匂いからいって食堂には違いなかった。姉さんが夜に帰ってきて、母さんは?　と聞いたとき、ソヒはまだだと答えたのだったか、知らないと言ったのだったか。翌朝、昨日は母さんが帰ってこなかったと姉さんが言ったときもソヒは驚かず、じゃあ今日は早く帰ってくるよねと言った。姉さんがいきなりバッと洋服ダンスや化粧台の引き出しを開け、きゃーっと声を上げて座り込んだ。何なの、あの女！

そのときソヒ一家は引越しを控えていたが、母さんはそうやって家を出て帰ってこなかった。別れの挨拶どころか、何のサインも兆候もなくパッと消えた。母さんが、新しい家のチョンセ（家を借りる際に多額の保証金を大家に預け、その代わり家賃が発生しない韓国特有の賃貸システム。大家は保証金を運用して利益を上げ、保証金は退去時に全額返却される。近年は低金利のため、保証金を安めにして毎月の家賃も払う「半チョンセ」が一般的）の保証金の足しにすると言って、姉さんが十か月かけて貯めた七百万ウォンと、姉さんの名義で借りたローンの一千万ウォンを持ち逃げしたことは後でわかった。

それからもっと後になって、ソヒはよくよく考えた末、兆候が全然なかったわけではないと、つまりあれが兆候といえば兆候だったんだと気づいた。つまり、引越しとか保証金とかローンとか、そういう話をしていたことがだ。だからソヒはこの六月に姉さんが引越しとか保証金だとかローンだとかいう話をしていたときに、気づくべきだったのだ。姉さんも逃げようとしているんだなって。

思えば八年前に今のソヒの年齢と同じ二十歳だった姉さんも、ソヒのようにうきうきした気分だったんだろう。何も考えずにローンを組み、貯金もさっさと取り崩して母さんにあげたところを見れば。母さんが、こんど住む家は半地下でもないし、二部屋もあるから、大きな部屋は母さんとソヒが使うことにして、姉さんには一部屋まるごと使わせてあげるって言ったというんだから。それと、ボニ、あんた、そんなにお金集めに自信があるんだったら猫も一匹飼ったらどう？　って言ったというんだから。

姉さんもソヒにまったく同じように、こんど住む家は半地下でも屋上部屋（建物の屋上にさらに増築した部屋で、家賃が安い）でもないし、部屋も二つあって浴室も広いから、こんどこそ絶対猫を飼おうねと言ったんだから。ソヒが休みの日に一緒に引越し先を見に行くことにしておいて、ぱっと消えたんだから。姉さんが何日も帰ってこない部屋、あれでも部屋っていえるだろうか。あの恐ろしい床と壁と天井と、空っぽの空間……部屋っていえるのか。一言の協議もしないで……そんなことできるもんだろうか。

残業して片づけも終えたソヒは、４Ａ駐車場で最終の通勤バスを待っている。夜は寒い。携帯の電源を入れると「午後十時六分　零下十度　だいたいくもり」と出る。始発の通勤バスは座っていけるけど、最終の通勤バスには座れない。でもあたたかい。地下鉄もこの時間にはあまり混んでないから、悪いところが一つ、いいところが一つだ。地下鉄や通勤バスの中で立っているとき、ソヒはときどきお金の計算をする。今日いくら使ったか、今月あといくら使うか。それをやっていると時間が早く進む。お金の計算をし、家計簿をつけているときだけ、ソヒは生きてる感じがする。何かで胸がいっぱいになったかと思うとすぐにしょげてしまい、急に焦りを覚えたり、胸騒ぎがしたりし、予想のつかない興奮状態にとらわれる。今月の月給百七十万ウォンをもらったら、もらったら……

返すものを返し、払うものを払ってしまうとソヒの手に残るお金は五十万ウォン程度だ。ボニが持ち逃げしたローンの一千万ウォンと、今住んでいる屋上部屋の保証金のためにソヒが自分で借りた五百万ウォン、合計一千五百万ウォンがこれから返さなくてはならない金額だ。毎月、ローンの返済四十七万ウォンと屋上部屋の月家賃が四十万ウォン出ていく。交通費と会社の社食代が合わせて二十万ウォン、通信費と公共料金と健康保険料が合わせて十三万ウォン。百七十万ウォンからこれらを全部引くとちょうど五十万ウォン残る。前の店で百六十万ウォンもらっていたときも月に二十万ウォンずつ貯金していたので、今月からは三十万ウォンずつ貯金しなくてはならない。そうすれば二十万ウォン残るけど……あ、違う、とソヒはあわてて目をぱちぱちさせる。

冬だから暖房費があと二万ウォンずつかかる。そうなると残りは十八万ウォン。十八万ウォンで一か月暮らすには……ソヒは拳をぎゅっと握りしめる。どんなにぎりぎりでも、今は絶対貯金を減らすことはできない。貯金はソヒの命綱だ。早く、早く貯金してローンの元本を返さないと。五年間は何があろうと、ソヒは毎月四十七万ウォンずつ貯蓄銀行に納めなくてはならない。ソヒは何度となく計算し、計算し、また計算してみる。

結果は二倍。二倍ということだ。千五百万ウォン借りているが、最終的に払う金額は二千八百万ウォン以上だ。それも、五年後に一括で返すんじゃなくて、毎月きちんきちんと返してそうなのだ。それだけのお金を毎月きちんきちんと五年間積み立てたら三千万ウォンくらいになる。だから二倍。二倍ということになる。貯金せず全部使ってしまったら、借りたお金のちょうど二倍返さなくちゃいけないということ。

だからソヒはしっかり計画を立てている。最後に借りた屋上部屋の保証金、利子がいちばん厳しいあの五百万ウォンから返さなくてはならない。七月から十一月まで、ソヒは毎月二十万ウォンずつ貯めて百万ウォン作っておいた。今月は三十万ウォン足して百三十万ウォン、来年も頑張って毎月三十万ウォンずつ貯めれば、年末までに四百九十万ウォン。そこに何とかして十万ウォンを足して五百万ウォン返してしまえば、再来年からは月に四十七万ウォンじゃなく、三十万ウォン返せばいいのだ。差額の十七万ウォンを貯金に充て、毎月四十七万ウォンずつ残せば、一年以内にまた五百万ウォン返すことができ、そうすれば返済額が十五万ウォン減るので、それも貯金に回してまた月に六十二万ウォンずつ残せれば、七か月で最後の五百万ウォンまできれいに全部返せる。

そうしたらソヒは借金のない人になれる。それからは毎月七十七万ウォンずつ貯められるし、もしも給料が上がって八十万ウォンずつ積み立てられるようになれば、一年でほぼ一千万ウォン……

ソヒは急に体の向きを変える。あのことを忘れてた。ソヒはこめかみをトントンたたく。借金を返すことにばかり頭がいって、あのことをすぐにど忘れしてしまう。部屋代だ……部屋のことがあるんだ。それまでに、今住んでいる屋上部屋の契約期間が切れるのだ。更新のときに保証金が値上げされたり、月家賃が上がったら、借金を返すのがそれだけ遅れる。保証金や月家賃が上がっても借金を全部返すにはどれだけかかるだろうか。心が休まらない。家に帰ってゆっくり計算してみなくちゃ。だが、契約期間が終了するたびに大家が月家賃や保証金をどれだけ引き上げるか、ソヒにはわからない。だから計算はできない。いつ借金を全部返せるのか。

地下鉄の駅の近くの「二十四時間チャジャン麵・チャンポン」と書かれた二階の看板を見上げながら、ソヒはちょっとためらう。寒いから、家に帰る前にチャンポンを一杯食べたい。どうせなら大盛りを食べたい。気づけばソヒはもう狭い階段を上っていくところだ。階段からもう漂っていた脂っこい中国料理の匂いが、二階のドアを開けた瞬間、濃厚に押し寄せてきた。小さい店かと思えばホールは広く、八宝菜や大皿のチャジャン麵をつまみにして酒を飲んでいるお客で騒々しかった。エプロンをした女が近づいてきた。

何名さま……?

ソヒは即座に人差し指を立てた。

一人?

はい、一人です。

じゃあ、ここに。

ソヒは女が指差した一人用の席に腰かけた。

注文、何するかね？

注文はね、チャンポン、大盛り、辛くしてください。とっても辛くね。

六千ウォン、先払いです。

先払いですか？　でも……大盛りなら五千五百ウォンじゃないですか？

ソヒがメニューを指差して聞くと、女が同じようにメニューを指差しながら、辛いのは五百ウォン追加だと言った。すべてのメニューの下に赤い唐辛子の絵が描いてあり、その横に小さく、五百ウォンと書いてある。

五百ウォンもするんですか？

女がエプロンのポケットから伝票を出して印をつけると、恩着せがましく言った。

ここじゃ市販の辛味ソースじゃなくて、オーガニックの激辛唐辛子を使ってるから。

オーガニックの激辛唐辛子ですか？

だから、たった五百ウォンでも別途いただかないと、商売が成り立たんのよ。

商売が成り立つか成り立たないかはわからないが、六千ウォンあればチゲ用の豚肉が一斤買える。大盛りでもなく、激辛でもない四千五百ウォンのチャンポンを食べようかと考えてから、ソヒは席を立った。

またにしますね。

ああ、そうですかとでも言うかと思いきや、女は、えーっ、それならもっと早く決めてよ、若いのに何でそんなにハキがないのさと言って伝票を丸めてゴミ箱に投げ捨てた。階段を降りていくときソヒは、ハキ、ハキとつぶやいてみるが、何のことだかわからない。ハッキリしないという意味かな。

ミンギョンさんはソヒに、会話っていうのはお互いのやりとりで成立するものなのに、あんたとは会話がハッキリ噛み合わないよねと言った。いや、ソヒは姉さんと一緒に暮らしているときは会話がハッキリ噛み合ってた。姉さんの言いたいこともよくわかったし、姉さんに言われればその通りにしてた。でもあれは……会話じゃなかったんだ。お互いのやりとりではなかったんだ。協議でもなく会話でもなく、何でもなかった。

この前の六月、ボニはソヒが貯金した千五百万ウォンとソヒの名義で借りた一千万ウォンを持って消えた。母さんと同じ方法だったが、それでもソヒは、まだソヒは、母さんと姉さんは違うと思っている。姉さんにはそれだけの事情があったのだろうし、また戻ってくると信じている。母さんが家を出て十日ほど経ったときだった。ソヒがテレビを見ていると、ボニが玄関で靴をはきながら、ちょっと出かけてくると言った。

ちょっとどこへ?

友達んとこ。

どの友達?

ソヒはボニの目を見ようとしたが、ボニは振り向かなかった。

遅くなったら友達んとこに泊まるかもしれない。待たないで先に寝てな。

ドアを開けて出ていくボニのバッグが妙に大きく見えたので、ソヒはバッと立ち上がった。しばらくじっと立っていたが、急にドアを開けてはだしで走り出し、階段を上っていくボニの後ろ姿に向かって叫んだ。

おねえちゃん、帰ってくるよね？

ボニは立ち止まったが振り向かなかった。ソヒは何度も何度も聞いた。

おねえちゃん、一晩泊まったら帰ってくるでしょ？　明日、帰るでしょ？　また帰ってくるでしょ？　絶対帰ってくるよね？

ボニは黙って階段を上っていった。

しばらくして、何年も過ぎた後のような気がしたが何時間かしか経っていない夜中に、姉さんがメールを送ってきた。ソヒは姉さんが帰ってくるまで携帯をぎゅっと握りしめ、何度も何度もメールを見た。そうしないとメールが跡形もなく飛んでいってしまいそうだった。

三枚肉買って帰っから、ラーメンなんか食べないで待ってな

あの日姉さんは帰ってきたのだから、母さんが三百万ウォンの保証金も使っちゃって、月家賃まで滞納したすっからかんのあの半地下の部屋に、姉さんは帰ってきてくれたのだから、父さんの違うソヒと八年も一緒に暮らしてくれたのだから、だから、たかが二千五百万ウォン程度、姉さんが全部持ってってもいい。全部使っちゃってもいい。姉さんは帰ってくるんだから。あのときみたいに、ちょっとしたら帰ってくるんだから、もう何年も経ったような気もするけど何か月かしか経ってないんだから、三枚肉でも何でも買って帰ってくるんだから、姉さんは母さんとは違うんだから、

姉さんは一度帰ってきてくれたもん、こんども必ず、また来てくれるんだからとソヒは信じて待つ。

お母さん、ソヒもう中学生なったよ、ソヒがごはんも炊けるしスープも上手に作るよ、私もお金かせいでいるから、お母さん、電話に出て、ただ電話で話すだけならいいじゃん、お母さんがどこにいるか、何してるかぐらい教えてよ、私、何も言わないから、私、中学のとき家出したこと思い出すよ、あのときは、私がガキで、心が狭くて、家出してお母さんを苦しめたけど、ソヒも具合悪かったのに、面倒かけて、心配させてごめん、もうちらも、ちょっと大人なったし、これからそんなことないようにすっから、お母さんの言う通り人間しゅぎょうもして努力すっから、だからお母さんさえ帰ってくればいいから、電話に出て

急にマネージャーがソヒに、何であれをはかないのと聞いた。

あれ……ですか？

ソヒは目をぱちくりさせた。

この前、会社でくれたやつ。あれ、何ではかないの？

あ、あれですか？

マネージャーが言っているのは一週間前に本社から、五十パーセント引きでスタッフに支給された新商品のスポーツシューズのことだ。ソヒはそれをもらうとすぐ中古品売買サイトにアップした。箱も開けてない新品だからいい値段で売れた。それで昨日チャンポンを食べる気にもなったのだが
……あれか……もうないんだけど……

あれ……絶対はかなきゃいけませんか?

そりゃそうだよ。はいて働くためにくれたんだから。明日から必ずはいて。

ソヒはとっさに、姉さんに、姉さんにあげたのにと言った。

え? お姉さん? マネージャーが顔をしかめた。あんな高いものを何でお姉さんにあげちゃうの? せっかく本社から、これはいて仕事しろって、広告にもなるからって特別価格でくれたのに。でもあんた、お姉さんなんかいたんだ?

姉さん、います。

ソヒは、姉さんは地方にいて、地方で勤めていると言った。

くれって言われたらやっちゃうの? 返してくれって言いなさい。

ソヒが黙っていると、マネージャーが舌打ちをした。

あんたってほんとに何も考えてないんだね。

それは違う。ソヒはちゃんと考えてる。姉さんをだしにして嘘をついたのはちょっと何だけど、でも、あれはいい考えだったと思う。いい考えが、ソヒにはできる。姉さんもそう思うだろう。姉さんはお金の話をするときはいつも、小さな目を大きく見開いて言っていたのだ。何でも一発でうまくいくことはないんだよ、ソヒ。一文、二文、コツコツと、ね? そうやって一文、二文と貯めるんだよお金は。そろそろお姉ちゃんの言うこと、肝に銘じな。一文、二文、コツコツと、ね?

スポーツシューズは一文、二文じゃなく、何と十六万ウォンで売れたので手元に七万ウォンも残った。昨日の晩、大盛りでも激辛でもないチャンポンを食べようかと思ったのは一文、二文のことで、何も食べずに家に帰ってラーメン作って食べたのは九文、十文のことだ。そうやってコツコツ貯めるもんなんだお金は、って姉さんが言ってた。ソヒには考えもあるし、話もちゃんとわかるし、ハキ、それだってある。ハキっていうのは力という意味だろう。ソヒは力が強いんだ。ハキがあるんだ。

暇な時間になると、ジンスさんが無駄口たたいてやかましい。僕が倉庫からお客さんのもの持ってきたら、他のお客が文句たらたらなんですよ。どうして自分のを持ってこないんだって。それで僕が丁重に言ったんだ。お客さま、この方が先だったのでもう少々お待ちくださいって。ときどきそういう、せっかちで人の話を聞かないお客がいることは知ってるからね、理解してるからね、失礼にならないように丁重に、不快にさせないように、ちょっとだけお待ちくださいって言ったんだ。なのに、自分の方が先に来たってしょーもないこと言うんですよ。それで、ほんとに先に来てたお客が呆れて、こうやってじろじろ見てたんだ。僕、そういう状況もよく知ってるからさ。へたするとけんかになるなって。それで丁重に、いいえお客さま、この方が先にいらしたんですよって交通整理したわけ。ちょっとだけ待ってくれって何度も、丁重に、大声とか全然出さないで冷静にね。さあどうですお姉様方、妹分の皆さん、ね、ここが大事なところだよ。冷静にね。変にたじたじとなったりおどおどしたりすると、かえって副作用につながるってこと、経験で知ってるからね。逆効果になるってわかってるからさ。僕らも人間だから、そうなったらまた傷つくじゃないですか。でもこのお客さんが、何が何でも意地を張るんだな、自分が先に来たんだって。そしたら本当に先に来てたお客が怒って、私が先ですよってこんなふうに、ガツンと一言言ったわけ。だもんで、また面白いことになっちゃってさ。こういうときはとにかく黙ってなきゃいけないんだ。それしかないよ。どうしてかっていうとさ、もしも僕がそんなときに割り込んだら……

ジンスさんは何で毎日女性スタッフを集めてこんなどうでもいい話をするんだろ。女性スタッフのお姉さんたちもまた、どうして毎日あんなジンスさんの話を面白そうに聞くふりをしているのかソヒにはわからない。それでいてソヒも、治っていない親指をいじりながら、激しい、嫌な違和感をがまんしながら、明日病院に行くべきか考えながらジンスさんの話を聞いている。あんたってほんとに何も考えてないんだね……そうだろうか……

週に一度のソヒの休みは月曜日だ。火水木の三日は朝九時から夜七時まで働き、金土日の三日は朝九時から夜十時まで働く。早く上がれる火水木には道が混むので、帰宅に二時間近くかかる。九時ごろ家に帰って夕ご飯を作って食べ、シャワーを浴びる。ソヒはテレビを見ない。視聴料を払わずにすますにはテレビそのものを持ってちゃいけないというので、引越すとすぐに古いテレビを処分した。

ソヒは寝る前までインターネットばかりやっている。毎日ログインするだけでポイントがたまるサイトに、十一か所も登録している。ディスカウント情報がリアルタイムで上がってくるサイトや中古品売買サイトを回っていると、時間が飛ぶように過ぎる。半額クーポンの有効期限を確認し、買いものかごに値段合わせでティッシュや洗剤を入れ、週末には化粧品のサイトで積み立てたポイントで冬用の化粧水を買うのを忘れないようにメモし、夜中の十二時過ぎに五分間だけできる携帯ロトアプリのくじを引いてから寝る。

夜十時まで勤務の週末の三日間は、夜十一時半に戻ってきて肉まんを一個食べ、急いでログインとポイント積み立てだけして寝床に入り、朝七時に起きてシャワーを浴びて出勤する以外には何もできない。だから休みの日には洗濯もするし掃除もするし、買いものもして、銀行関係のこともやり、予約しておいた病院にも行き、何より不動産と携帯ショップに行かなくてはならない。初めて見に行く家と携帯ショップの建物のことを考えるとソヒは胸が躍る。陽射しやぬくもり、通勤バスと同じぐらい好きだ。

女は顔の次に手だそうだから、ソヒは朝ごはんにシリアルを食べ、予約しておいた病院に行った。薬を飲み、塗って二か月経ったのになぜ治らないのかとソヒはおずおず質問する。医師は、こういうのはこじらすとなかなか治らないいんだ、だからねえ、どうしてすぐに治療を受けずに、こんなふうにしちゃったのと言ってソヒを見て、宅配の仕事って言ってましたっけ、と聞いた。ソヒはSショッピングテーマパークで働いていると答えた。医師は鼻をすすり上げて、じゃあひとまず冷凍治療をやってみようと言った。

冷凍治療？

医師は何か書きながらソヒの言葉を受け流し、ちょっと痛いですよと言った。

冷凍治療は痛いんですか？

治療するときもちょっと痛いけど、と言いながら医師は書き終わったのか顔を上げ、また鼻をすすりながら、三、四日は痛いし、膿（うみ）も出るので、鎮痛剤を出しておきますと言った。あのとき、やりませんと言うべきだった。スポーツシューズを売ったお金のうち二万ウォンを暖房費に充て、五万ウォンを貯金に充てようと思っていたのに、だから今月は三十五万ウォン貯金できると思っていたのに、そんな、冷凍治療なんてわけのわからないものに七万ウォンも飛んでいくなんて。受付でお金を払うとき病院スタッフが、三週間後のこの曜日に予約入れときますねと言った。ソヒがぽかんとして見ていると、三週間おきに少なくとも五、六回は根気よく治療を受けなくてはいけないと言うのだった。

病院を出てからずっと、ソヒは少しずつ不安になってきて、神経が尖ってきた。顔が紅潮し、目頭がカッと熱くなる。何かがまたバッと燃え上がってきそうだ。姉さんがいなくなったときも爪が割れたときも、ソヒはこんなふうに何かでいっぱいになって破裂しそうになったのだ。怖い。ソヒをこんなふうにしちゃいけないのに、こんなふうに一人でほっといちゃいけないのに。いったい私に、どうしろと？　私が何をしたっていうの？　私が何を？　何を？　何を？

ソヒは小声で叫びながら歩く。

私が何を？　何を？　何を？

声がだんだん大きくなって、語尾が鋭くほとばしる。

私が何を？　何を？　何を？

新年が来たらソヒは二十一歳になる。屋上部屋の契約更新はソヒが二十二歳、二十四歳、二十六歳になる六月ごとに回ってくる。二年ごとに保証金が五百万ウォンずつ上がるだけだとしても、ローンの返済は二倍に遅くなるし、月家賃が上がっても同じこと。初めの計画通り返していっても、全額返済できるのはやっと二十三歳の夏だ。その二倍かかるなら二十六歳、二十七歳になってしまう。それまでこんなふうに暮らさなくちゃいけないのか……二十万ウォンで一か月……歯磨き粉もティッシュもナプキンもけちけち使って、朝は牛乳とシリアル、夜は肉まんか食パン、卵三十個パックを買って一か月それを食べ、週に一度だけいちばん安いチゲ用の豚肉を買い、ふだんは豆腐と豆もやしとキムチをけちけち食べ、カクテキを手作りし、友達にも会えず、友達を作ることもできず、十ウォン、百ウォンのポイントを貯めながら二十六歳、二十七歳まで、病院代の七万ウォンでこんなことになるなんて、いや、五、六回なら三十五万ウォンから四十二万ウォンだ……もう行かない、もう行くもんか……

ソヒはいつのまにかビルのショーウィンドウの前にぴったり貼りついている。塵一つないきれいに拭いたガラスの向こうに、外国製の自動車がきらきらして、手を触れることさえできそうだ。

私が何をしたっていうの？　私が何を、何を、何を？　何を？　何を？　何を？

ソヒは傷ついた犬のようにガラスに向かって吠える。何を、何を、何をと叫ぶたびにガラスが曇る。店の中から男性スタッフがソヒをじっと見守っている。ジンスさんに似てる。全身が親指の爪のこぶのように凍っては、溶けて、熱いぐにゃぐにゃした肉のかたまりになったみたいだ。干潟にすーっと吸い込まれてしまったみたいでもあった。このままガラスにぴたっとくっついてしまおうか。店のスタッフがこっちへゆっくりと近づいてくるのを見ながら、ソヒは親指の爪からガーゼをはがした。爪がなくてもいい。母さんがいなくても生きてきたし、姉さんがいなくても生きてるし、こんな爪ぐらいなくてもいい。もう、十分だよ。帰ってこなくてもいい、助けてくれるわけでもないのに、帰ってくるな。ソヒはこぶにべとべとくっついていた薬と血と膿をガラスにぎゅっと押しつけ、なすりつけ、矢のように走って逃げた。走りながら、ソヒの心の中にも醜いこぶが突き出してきた。もう帰ってこないよ、もう帰ってこないんだ姉さんは……来ないんだ、あのアマは……帰ってこなくていい。永遠に来るな。

お母さん、この人でなし、一人だけうまくやろうとして、どんだけ準備したの、いつからしてたのさ、どれくらいしたのさ、私が黙ってると思うの、どんな手、使ってでも、私の大事なあのお金、血のにじんだ私のお金、取り返してやる、お母さん、あんた、あのローンのお金盗んだだけじゃなくて、家の保証金までぶんどって、携帯番号もサッと変えちゃって、それでもあんた母親なのかよ、私がどうやって生きてると思ってんだよこの性悪、ああもう、頭、どうかなりそう、ソヒのやつがいるから、どうにも身動きとれないし、私まだあの借金返してんだかんね、このクソアマ、私だって逃げてやる、もう、めちゃくちゃになってやる

ソヒは一二四―一五番地一〇一号室の中をくまなく視察した。家電製品やクローゼットが完璧にビルトインされた新築の集合住宅を見ているだけでも自然と笑いがこみ上げてくる。爪の痛みも感じないほどいい家。それで、ここよりいいところはないなと確認するために、あの町、この町と回っていろんな物件を見て歩きたくなる家。この家は入居時に保証金一億ウォンが必要で、その後毎月払う月家賃は三十万ウォンだという。じっくり点検しているソヒを満足げに見守っていた不動産仲介士の男が聞いた。

あなた一人で住むんですか？

ソヒは、姉さんと二人で住むと言った。

ああ、姉妹二人で住むんですね？　それならここはちょうどいいね、ぴったりだよ。

そうだ、とソヒが言った。猫がいるんですけど、飼ってもいいでしょう？

あ、もちろん。大丈夫だと思うよ。

携帯を出して電話をしていた男は、ちょうど大家のおばあさんが家にいましたよ、二階に住んでらっしゃるんだけどちょっと降りてきてくれるそうです、うまくいきますねと言ってにっこり笑う。赤い毛糸の帽子をかぶった小柄なおばあさんが階段を降りてきた。

こちらの学生さんがお姉さんと二人で住みたいっていうんだけど、若い方二人でいいじゃないですか。新築だけど、きれいに住んでくれるだろうし、女の子だからもめごとも起きないだろうし。

それと、犬飼ってもいいかっていうんですがね？

あ、猫ですとソヒが訂正する。

うん、猫だ、猫飼ってもいいでしょ？　一階だしね。

駐車とペットはだめ！

大家のおばあさんが言った。

駐車はそうですけどね、いやあ、女の子たちが猫、ちっちゃいの、子猫一匹飼うのまでだめっていうんじゃちょっと困るなあ、一階なのに。

大家のおばあさんが首を素早く振り、指を立てて揺らしながら、だめ、だめと言った。

私だって、家を貸すの一度や二度じゃないんだからね。この前の例の物件、一三九—〇八の二〇三号、あそこに犬飼ってる子が入ったけど、出てった後、家じゅうどこもかしこも犬の毛だらけだったんだよ。備えつけの冷蔵庫の中からも犬の毛が出てきたんだから。

仲介士が、最近の若い人たちはみんな犬か猫飼うんだし、飼ってない入居者を探す方が大変だ、エントランスのすぐ前の一階だからいいじゃないかとしつこくくり返すと、大家のおばあさんが一言で片づけた。
何だい、大家がだめって言ってるのに！　大家がだめって言うのに、何たわごと言ってるんだい？

大家のおばあさんは二階に上がっていき、仲介士とソヒは外に出た。仲介士は、あーあ、大家さんがだめじゃなあ大家さんが、とくすくす笑い、実際この家はちょっと高すぎるんだよ、誰がこんなとこに保証金一億と月家賃三十万も払って住むもんかと言い、他の家をあたろうと言った。そっちは大家が同じ建物に住んでいないから、猫を飼ってもいいだろうと言うのだった。ソヒは、今日はすごく寒いから後でまた姉さんと一緒に来ると答えた。仲介士は残念がり、それじゃ携帯番号をと言い、ソヒは姉さんの前の番号を教えてやって、もしも仲介士がすぐにその番号にかけたらどうしようと思いながら急いで帰った。もうこのあたりには二度と物件を見に来られないな。

携帯ショップまで歩いていく間、ソヒはすごく寒い思いをする。おなかもすいた。だから走る。計画通り二十六歳か二十七歳で借金を完済し、一千万ウォンぐらい貯金できたら、それを保証金に充てて家を借りられるようになる。それで、そこから毎年一千万ウォンずつ貯められたら、三十五歳か三十六歳ぐらいで一億、貯められたら、そうやって来年から、十五年以上、死ぬ気で走って、はあはあ息を、切らして、一億ウォン、握りしめて、一二四―一五番地に到達したとき、あの干したナツメの実みたいなおばあさんがもしも生きてたら、また指を立てて、指を振って、だめ、だめって言うのかな、そのときは、いくらって……ふぅ……一億五千、二億……ふぅ……いくらって言うんだろう……

ソヒは街路樹の下で立ち止まり、息をつく。ソヒは本当にジンスが嫌いなのだが、何についても、自分はよくわかってるんだ、理解してるんだみたいなことを言うジンスが嫌いなのだが、ときどき彼が言いふらしていたことを思い出すこともある。僕らも人間だからね、みたいな言葉……僕らも人間だから、そうなったらまた傷つくじゃないですか……ソヒも人間だから……二十六、二十七まで……三十四、三十五まで……そしたら……また……傷ついて……

三階建てのビルの全体が携帯ショップになっているここは、一階は駐車場、二階は販売センター、三階はアフターサービスセンターだ。二階にはインターネットができるコンピュータが窓ぎわに一列に並んでおり、中央には四角いテーブルと椅子が整然と置かれている。三階の中央の壁面には大型テレビがついており、周囲には色とりどりの細長いゼリービーンズ形の椅子、窓ぎわにはソファと丸テーブルがある。二階は事務所みたいで、三階はカフェみたいだ。どちらも広くて明るくてあたたかく、お茶とコーヒーがただで飲めて、小さな竹のかごにキャンディがいっぱい入っている。

ソヒは二階でキャンディを一つかみポケットに入れ、個包装の包みを開けてそれを食べながらネットを見て、三階に上がり、スティックタイプのインスタントコーヒーを飲みながらテレビを見る。いたずらで番号札を取って座り、自分の順番が来るのを待つこともある。番号が呼ばれると、何かに当選したような喜びが訪れる。二〇七番のお客さま、六番窓口にお越しください。ソヒは緊張した顔で、六番窓口の職員がどれくらい自分を待ってくれるか、はらはらしながら見守る。二〇八番のお客さま……へと移るのが早すぎると小さな失望が訪れる。また番号札を取り、キャンディを食べながら、小さな喜びと小さな失望を味わう。

ソヒは低い丸テーブルが置かれた窓ぎわのソファに座って、旅行雑誌を広げる。どんな雑誌でも、料理や食べもの関連の内容を真っ先に探して読む。一度も聞いたことがなく、食べたこともない食べものでも、いつか食べることになったらちゃんと味わえるように、名前と材料と料理法をあらかじめ知っておくのがよいとソヒは思う。

誰かが向かいのソファに座った。丸テーブルの上に何かをおろす音、軽くはあはあ息をするのが聞こえた。六十代、七十代、もしかしたらそれよりもっと年をとってるかもしれないおばあさんだ。ソヒはおばあさんたちの年が全然わからない。手入れをしてない髪、茶色の毛糸のマフラーに古いベージュのオーバー。年はわからなくても顧客のレベルはすぐにわかるソヒの目には、どこから見ても貧乏で行き場のないおばあさんだ。おばあさんもソヒのそんな視線に気づき、自分たちは似た者どうしだと思って気安く向かいの席に座ったんじゃないかとソヒは思う。

丸テーブルの上に置かれたピンク色のバッグには手垢がつき、革の表面が毛羽立ってほとんどグレーに見えるが、それさえも、本来きれいな桃色の爪があるべき場所に突き出たソヒのどす黒いこぶに似ている。おばあさんはその無残なバッグから扇型に折りたたまれた小さな赤い経典を出し、一ページずつ読んでいった。ソヒは右手の親指が見えないように隠す。

ソヒは雑誌に載っている柱状節理（溶岩が海に流れ込んで急激に冷却されてできる柱状の岩。韓国では済州島にある）の写真をじっと見て、携帯を出して写真を撮り、メモアプリを開いた。姉さんが帰ってきたら一緒に遊びに行くところ、遊びに行ったら食べるものなどをびっしり記録してあるメモに新しい文書を作成し、タイトルを「柱状節理」と打ち込む。写真を添付し、本文を書く。

「おねえちゃん　ソヒが今日雑誌で見たんだけど、これ柱状節理っていうんだって。かっこいいし不思議でしょ？　いつか私たち一緒にこれ見に行こう。海辺にあるんだけど、干潟じゃないから危なくないよ。私たち絶対汽車乗って、船乗って、柱状節理見に行こう」。さっき病院から出てきたときはなぜ、姉さんはもう帰ってこないと思ったのか、悪態までついて、もう帰ってこなくていいと言ったのか、ソヒは不思議で、悪かったと思う。

おばあさんがコートのポケットから何か出し、がさがさもぐもぐと音を立てて食べている。自分のポケットに入っているのと同じ、個包装のキャンディだろうとソヒは思う。おばあさんはうーっ、あぁーっと呻き声の混じる一人言をつぶやいたりもする。声も小さいし、キャンディを食べているので何を言っているのか聞き取れない。ある瞬間にぱっと風が起きて、おばあさんがいきなり立ち上がって行ってしまう。そのスピードがまた何て速いこと、ソヒが顔を上げてみるとベージュのオーバーの裾が柱の向こうへ消えていくところだ。陸上をやってらしたのかな。ソヒはくすっと笑う。足が速いとこも似てるんだな。

咳をするのが聞こえて顔を上げてみると、いつのまにか向かいの席におばあさんが戻っている。ソヒの視線を感じたおばあさんは、こちらに見せるようにして手に持っていたガムの紙をはがし、口に入れて噛んだ。ソヒは雑誌をめくりながらちらちらとおばあさんを見た。おばあさんは首を一度かき、あたりをぐるっと見回し、急にポケットからガムを出してソヒの鼻先に突き出した。ソヒが首を振ると、いっぱいあるから、と言った。

どこにですか？

あっち。くれって言えばくれるよ。

おばあさんがあごで、ヘルプデスクに立っている制服の係員を示した。ソヒは自分が負けたこと、おばあさんの方が上級者だということを認める。

ありがとうございます。

ソヒはうやうやしくガムをもらって、紙をむいて口に入れた。

手、どうしたの？

けがしたんです。

気をつけないとね。

はい。

ソヒはガムを嚙みながら旅行雑誌を見、おばあさんは扇型の経典を見ている。ソヒが顔を上げるとおばあさんも顔を上げた。ソヒがかすかに笑うと、おばあさんの顔のしわも少し横に動く。あれはおばあさんが笑ってるんだ。会話が嚙み合わない、ハキがない、「ぶなーーん」だね、ほんとに何も考えてないんだね、そんなことを言う代わりに、気をつけないとね、と言ってくれた人が笑ってる。また顔を上げると、こんどはおばあさんがガムを嚙むリズムに合わせて頭をカクカクさせている。

ソヒにはおばあさんはいないが、まるで、そのいないおばあさんと向かい合って汽車に乗ってるみたいだ。二七五番のお客さま三番窓口にお越しください、二七六番のお客さま七番窓口にお越しくださいという声も、到着する駅の名前を教えてくれる優しい車内放送みたいだ。ふとソヒは鳥のように首を伸ばして、どこまで来たか確認するみたいに窓の外の通りを見おろす。おばあさんが、あふうー、おはあー、と声を出してあくびをする。それは、ソヒ、まだまだだよ、という言葉みたいだ。

鎮痛剤の効き目が落ちてきたのか、爪がひりひりする。薬を飲んで買いものをして家に帰り、ごはんを炊いてスープも作らなくてはならないが、ソヒはじっと座っている。どこで降りるのか、どの駅で別れるか、ソヒにはわからない。悲しくて嬉しいこと、そういうことがなぜあるのかソヒにはわからない。外は暗くなっていき、休日は過ぎていくが、ソヒはもうちょっとだけ、もうちょっとだけと思いながら、泣きそうな気持ちで座っている。

稀薄な心

間欠的に息が詰まるようなクッという音と、キィイイアーという高い悲鳴のような音が聞こえる夜には、デロンは上の階に一人で住んでいた女のことを考えたりした。デロンが一度も会ったことのないその女はもうそこに住んでおらず、その部屋にはとても活動的な若夫婦が引越してきて、元気のいい足音を立て、しきりに家具を移動させ、バスルームで歌を歌い、ベランダで大声で電話したりしながら暮らしている。

何年前だったか正確に思い出せないが、デロンがディエンと一緒に暮らしていたころ、夜中にどこかからぞっとするような謎の音が聞こえてきて、マンションの管理室に通報したことがあった。修理技術者が来て何日かあちこち点検した末に、その音が右隣の家の水道メーターから出ていることがわかった。デロンとディエンはその音が人間の出したものではないと聞いても信じられなかった。隣には、午後遅く仕事に出かけて夜遅く帰ってくる人たちが住んでおり、彼らが夜中に帰ってきて水を出すと、圧力の調節がうまくいっていないせいかメーターからそういう音が出るのだという。

バスルームの方は問題ないのに、キッチンの水道だけが水を出すとそうなるそうで、技術者は一人言のように、毎晩幽霊の声がするって言ってたけど、あれがその音だったんだなと言った。うちの他にも通報した人がいたのかとディエンが聞くと、技術者が上を指差して、すぐ上の人が管理室に何回電話したかわからないと言った。上の階を回ってどの部屋も全部点検したが、どこにも問題がなく、一人暮らしの女性だから神経が過敏になってそんなことを言うのだと思っていたけど、あれはまさにこの音だったんだな、女の一人暮らしじゃどんなに怖かっただろうと言った。技術者が隣の家のメーターを修理して帰った後、ディエンが玄関に立って低い声で言ったのをデロンは覚えている。あの言葉の方が怖いよ。女の一人暮らしじゃっていう言葉。

隣室のメーターは何年か静かだったがまた音を立てはじめ、今は上階ではなく、一階下でデロンが一人暮らしをしている。修理技術者が来てメーターを直しても、何日もしないうちにまた音が出るのだ。何度電話しても管理室では、水道管の老朽化のせいだから自分たちにはどうしようもないと言う。真夜中にクッ、キィイイアー、フルッ、ヒィイイアーという音がするたび、デロンは、あれは幽霊の声や悲鳴じゃなくて隣の家の水道メーターの音だ、水道管は声帯と構造が似ているから音も似ているんだと思うようにしていた。だが、上階に一人で住んでいた女にはこの音がどう聞こえたかとたびたび想像するうちに、その女の感覚と感情がそっくり乗り移ったようになって、彼女の不眠の夜をデロン自身が一階下で、何年か遅れでなぞっているような気がしてきた。さらに、もう一階下には一度も会ったことのない、顔も知らない自分とディエンが住んでいるかもしれないという錯覚さえ起きた。

メーターの音のせいだけではないが、いつからかデロンは眠れなくなっていて、何時間か暗闇の中で目を閉じて横になり、眠くなるのを待っていたりした。心も体もぐったりして横たわり、不眠の層が少しずつ薄くなり、透明なせっけんの泡のような眠りに包まれる感じがしてくると、もうすぐ安心して、目の見えない蚕のように眠れそうな気がしたが、ある瞬間、急に眉間の奥の深いところで奇怪な目がぴかっと開き、故障したエレベーターのように胸が乱暴に揺さぶられ、眠りの泡は跡形もなく弾けてしまう。そんなことが何度もくり返されると、睡眠の中に入っていくことが、まるで硬い強化ガラスにドリルで穴を開けるような、とてつもない努力を必要とする破壊的な重労働に思われて、いっそ寝るまいと決心して起き上がり、壁に寄りかかるのだった。

　このごろデロンは、ずっと前にディエンがした夢の話にとらわれていた。ディエンが突然、昨日、学生時代の先輩後輩や友達が出てくる夢を見たと言ったことがあった。誰が出てきたのとデロンが尋ねると、ディエンは、わからない、自分が知ってる人たちではなかった、自分が知らないのと同じくらい、その人たちも自分を知らないみたいだったけど、でもその人たちが先輩後輩と同期生だってことは少しの疑いもなく受け入れていたと答えた。それから、夢ってそういうことがあるでしょ、何の根拠もないのにはっきり受け入れられることが、と言ったので、デロンはそうだねと答えたが、とはいえ、かすかだとしても何か手がかりがあったから受け入れられたんじゃないか、夢だからってそんなにでたらめばかりでもないのでは、と思っていた。

　ディエンは、夢の中ではいろんなことがあったけど、目が覚めてみると思い出せるのは一つだけだと言った。一人の先輩——誰かわからないけど、先輩だということはわかっている人が立ち上がって、他の人たちに、ディエンの経歴に不道徳な点を発見したと言って小さい布切れを取り出したのだそうだ。それは精巧なミシン刺繍が施された布で、軍人や警官などの帽子や胸につける記章や階級章のように見え、その先輩はそれを見せて、これはディエンが工場で作ったものだ、つまりディエンが若いときに工場で働いていた証拠だと言ったという。だがそれはディエンにとっては初めて見る布で、デロン、あなたも知ってる通り、私はそんなものにミシン刺繡をするような工場に行ってたことはないでしょ、だから夢の中でも違うって否定したんだけど、その瞬間急にあなたのことを思い出した、と言うのだった。

なぜディエンが私を思い出したのだったかと、記憶を手探りするうちに、その夢の話をしたのはたぶん、二人で古い映画館に映画を見に、最後に都心に出かけた日ではなかったかとデロンは思い出した。開館して四十年か五十年かわからないその映画館は、一時は封切館だったけれど、いつからか都心の他の映画館とともに零落し、名前すら忘れられて久しかったのが、そのころ改築工事に入り、現代的なシネコンに生まれ変わって大々的に宣伝していた。

デロンはその宣伝イベントに応募して前売り券を二枚もらった。都心に映画を見に行かないかとディエンに聞くと、予想外にディエンがいいよと返事したので、デロンはすぐに席を予約した。日時が決まってるんだから、行ってから文句言っちゃだめだよとデロンが警告すると、ディエンはあっさり、わかったと言った。そんな経緯で映画を見に行った日に、ディエンがあの夢の話をしたのだったと思う。

あのときデロンは、ディエンが退職後、家にばかりいることが心配だった。その年の二月にディエンは三十年以上勤めた職場を退職したところで、その直後は外出もしたし、人と約束もしていたし、計画も立てていたようだが、だんだん行動半径が狭まってきて、ここ一か月は家から一歩も出ないほどになっていた。スーパーに行くときデロンが一緒に行こうと言っても、ディエンはいつもおなかの調子が悪いとか、今何か見ているところだからとか、洗濯機を回そうと思ってたとか口実を立てた。あるときは何も口実を思いつかなかったのか、手で目元をぎゅっぎゅっと押してから、そんなに買うものがいっぱいあるのかと聞いた。デロンはそうじゃないよと返事して、一人でスーパーに行った。

デロンは、ディエンはずっと職場勤めをしてきたのだからしばらく家で休みたいのも無理はないと考えた。デロンもずっとぶらぶらしていたわけではないが、正式に就職してどこかへきちんきちんと出勤したことはなく、アルバイトやフリーランスのような仕事ばかりしてきた。だからデロンは、自分がディエンの気持ちを理解していないこともありうると思い、そんなときにはディエンがひどく正常で、自分からはかけ離れた見知らぬ他人のように思えた。

一緒に暮らしてきて、二人の間に大きなもめごとはなかったとデロンは回想した。いつかそんなことをディエンにも言ったことがあるが、そのときディエンは目を大きく見開いて、もめごとって何よ、自分にとってデロンほどぴったりの人は他にありえないと言い切った。こうした記憶はデロンを喜ばせもしたし悲しませもした。もしかしたらあのときディエンは、例の件だけは別として、という言葉を省略したのだったかもしれない。

一緒に暮らしている間、彼らは家事を分担し、調整が必要なときは話し合って調整した。主に掃除と洗濯、皿洗いはディエンが引き受け、買いものや料理など食生活関係のことは、やはり家にいる時間が長いデロンが一人で担当していた。食生活は何より、きちんきちんと継続管理することが必要だ。掃除や洗濯は一日ぐらい延ばしても大きな問題は起きないが、いたむ直前の豆腐、しなびていくほうれん草、味の落ちていくあさりなどは急いで適切に調理しなくてはならない。食材はめいめい自分の寿命を持っていて、それ以上待ってはくれないし、もう味が落ちるぞと教えてくれるはずもないので、異なる路線のバスを異なる発車間隔に合わせて送り出すように、そのつどちゃんと考えて循環させなくてはならなかった。

スーパーに行くたび、デロンは買うべき品目を小さいメモ用紙に書いて持参したが、たまに陳列台に置かれた旬の果物や野菜、海産物などを買う場合を除けば、メモしたものだけを忠実に買ってくることがほとんどだった。そんなふうにメモまでして行く必要があるのかとディエンが聞くとデロンは、そうすると支出が一定になり、食生活の連続性を維持しやすいからと答えた。そのときディエンは、感心しているのかばかにしているのかわからない感じでいたずらっぽくうなずいていた。

一か月近く家にばかりいたディエンが、文句も言わず都心へ映画を見に行くと言ったとき、デロンは驚いた反面安心し、久しぶりのデートが楽しみだと言ったが、そのときもディエンが、感心しているのかばかにしているのかわからない曖昧なうなずき方をしたのを思い出す。ディエンが去った後、デロンは何度も鏡の前で首をわずかに動かしてその真似をしてみたが、うまくできなかった。そんな微妙な首の動かし方はディエンだけにできるものだったが、その様子が写真に残ったわけでもないから、ディエンとともに永遠に消えてしまった。

その日、都心に向かう地下鉄で席が一つ空き、ディエンが座ったが、一か月ぶりの外出で緊張していたのか、ディエンはちょっとうつむいたまま身動きもせず、ときどきデロンの方をちらっと見上げたりした。デロンは降りるときまでディエンの前に立ってディエンを見おろしていた。都心の駅で降り、エスカレーターで上がっていくとき、一段下に立っていたディエンが頭で自分の背中をグンと押すのが感じられた。

振り向いてみるとディエンが知らんぷりをしてデロンを見上げている。デロンが向き直るとまたディエンがグンと押した。デロンは振り向かずに後ろに手を差し出し、ディエンがその手を握った。いつものようにディエンの手は冷たかったが、今でもデロンはその温度と感触を覚えていた。その温度を忘れないように、ときどき、片手をわざと毛布の外に出して冷たくしてからもう片方のあたたかい手で触ってみて、これはディエンの温度か、そうではないかと想像する癖がついていた。

駅の外に出ると、雪にならなかった雨が降っていた。ディエンがコートのフードをかぶって、亀になろうと言った。デロンも上着のフードをかぶった。フードをかぶると不思議に気持ちが楽にならないかとディエンが尋ね、デロンは、そうだね、亀みたいに隠れるところができた感じだと答えた。しばらくしてディエンが、いいことではないよね、と言ったが、デロンはすぐにはその意味がわからなかった。

それをいいことではないと思うのは、ふだんいつも怖がっていることの反証なんじゃないかとディエンが言い、デロンはそうかな、怖いと亀になるんだろうかと答えた。ディエンが笑いながら、もしかして亀（コブギ）って、怯（コブ）えから来た言葉なのかなと尋ねたとき、デロンはまじめに、きっとそうだよ、「コブギ」は「怯（コブ）ウギ」で、「ウギ」の「ギ」は「大蛇（イムギ）」の「ギ」に通じるんじゃないのかと答えた。そのときディエンがまさかと言って笑っていた様子を思い出すたび、デロンは記憶の糸がひどくもつれるような感じがしたが、それはその背後に常につきまとうディエンの別の姿のためだった。ディエンは泣いてるのかいないのかわからないようなしかめっ面で肩を落とし、静かにデロンを凝視していた。また「あれ」が始まったんだねと言いたげに。

記憶の断片をあれこれ組み合わせてみて、デロンは、それはあの日ではなかったという結論を下した。彼らが映画を見に都心へ出たのはＰＭ２・５のひどい春の日だった。だから駅の外に出たときは、雪になりかけていた雨が降るどころか、ＰＭ２・５で空がすっかり曇っており、そのためデロンの鼻がだんだんむずむずしてきて、最初は鼻水が出てくしゃみが出て、目がかゆくなり、ひりひりしてきて、その後顔の中心部から熱感と痛みが広がって気が気でなかった。彼らは映画を見る前に食事をすることにし、ディエンが前から行ってみたかったという食堂を探していたのだが、複雑な道と狭い路地をぐるぐる回っているうちにデロンのアレルギー症状がだんだん悪化してきて、何でこんな遠くの食堂に行かなきゃならないのかとディエンを問い詰めたい気持ちを抑えるのに必死だった。

食堂に着いてみると、「準備中」という札がかかっていた。ディエンがデロンの顔色を見ながら、気取らない食堂なのにこんなのがあるとは思わなかったと言い、二十分ぐらい待たされそうだけどどうするかと聞いた。デロンは、「あれ」が始まりかけていて、ディエンもそれを予感していることを感じていた。それは空気中に広がったＰＭ２・５のように、どうすることもできない災厄だった。デロンは鼻を覆っていたハンカチを地面にたたきつけると、今日はもう映画はやめようと低い声でうめくように言った。ディエンはしばらく呆然としていたが、うなずくと、ほんとはそれほど見たい映画でもなかったとつぶやきながら、腰をかがめてデロンが地面に投げたハンカチを拾った。

そのとき食堂のドアが開いて、一人の女が下ごしらえで出た野菜くずのようなものを持って出てきたのだが、振り返るだにデロンは、あの瞬間にその人が出現したことは奇跡のようだったと思う。

女は彼らを見て、早くいらしたんですねと声をかけ、お入りくださいと言ってドアをぱっと開け放った。まだ時間じゃないのに入っていいのかとディエンが聞くと、女は、じゃあ、来てくださったお客さまを外で待たせておくんですかと聞き返した。ディエンがありがとうと挨拶してデロンを見たとき、デロンはその人に無限に感謝すべき人間はディエンではなく自分だと悟った。その人がいなかったら、デロンはまた何か別のひどいことをやらかしたかもしれないのだった。

今、デロンは暗闇の中にうずくまり、食堂のドアの前で肩を落として自分を静かに見ていたディエンの不安で怯えた表情を思い出し、ひどい悲しみとともに、鼻がつーんとするような痛みを感じた。仮に、「亀」が「怯え」から来たっていうのかと言ってディエンが笑った日と、食堂に行った日がまったく別の日だったとしても、ディエンの二つの表情、あのまったく違う二つの表情はデロンの頭の中でしっかり結びついており、その日があの日であるみたいに混同されていた。

デロンはあの日、彼らが食堂で何を食べたのか思い出せなかった。自分たちが最初のお客だと思って食堂に入ると、店内にはもう二人の女が座っていた。かなり年配の肥えた女と、中年のかわいらしい感じの女だったが、彼らの食卓にはスプーンと箸と器がセッティングしてあるだけだった。デロンはディエンが指差すメニューを見ず、まず食卓の上に置かれたナプキンを取って鼻をかんだ。ディエンが一人で適当に注文し、ちょっと出てくると言って立ち上がった。猛烈に鼻をかんだせいか頭がぼうっとしていた。デロンはまるで酒に酔ったような感じで、ディエンが座っていて今は空いている空間と、向かいの壁の古い壁紙を見ていた。

小皿の料理が並んだ後も、ディエンは戻ってこなかった。男が一人入ってきて、先に来ていた二人の女が席から立ち上がった。男は二人の年齢の中間ぐらいに見えたが、二人に挨拶した後も立ったままで座らず、ソフトな低い声でこの食堂の歴史について話しはじめた。席に座った二人の女は顔をすっかり上げ、男が食卓の横に立ち、この店が初めはどの町にあり、どこどこへ移り、以前の主人と今の主人がどういう関係で――と休む間もなくしゃべるのを聞いていたが、男が手を上げてカモメのように軽くうなずくと、スズメのように素早くうなずいた。

ディエンはなかなか戻ってこなかった。トイレにでも行ったのかと思ったが、それならもうとっくに帰ってくるころだ。万一ディエンがこのまま帰ってこなかったら、ディエンが一人で家に帰ってしまったらという考えが不意にデロンの頭の中に浮かび、自分の行動を振り返れば十分にそれはありうると思いながらも、そうやってディエンが徐々に遠ざかり、どこかへ行きつつあると想像するだけでも胸が苦しくなり、デロンはまともに息ができなくなった。デロンは生まれて初めて、ディエンが自分から離れていき、自分は一人残されるかもしれないという思いで、すさまじい恐怖と痛苦に満ちた自責の念に陥り、目の前の壁の古い壁紙だけを虚しくにらみつけていた。いつのまにか世界が消え、ディエンと自分の間に果てしなく広がる測量できない距離だけが、切迫した実在として残った。

しばらく動かずにうずくまっていると、酒を飲んだときのように頭の中のどこかがゆっくり麻痺していくような感じがした。デロンの目は前を見ているのに何も見ていない状態になり、他の感覚も少しずつ鈍化していき、眠っているときとは違う奇妙な無力さと鈍感さの中に全身が沈み込んでいった。

いつだったかずっと前にもこんな状態で、虚しく何かを待ちながら座っていたことがあったような気がする。正確なディテールは一つも思い出せず、まるで前世のように、自分がかつてこんな状態を経験したように感じるのだ。もしかしたらそんなことはまったく起きなかったのかもしれないし、または忘却のかなたに追いやられたが、あるときこんな状態に陥ったと体が覚えている痕跡なのかもしれない。だがデロンは思った。自分にはついに何も突き止めることができないだろうと。こんな稀薄な類似性だけでは。

デロンが現実感覚を取り戻したのは持続的に聞こえてくる騒音のためだったが、それは重いものを床の上で引きずったり、固いものを固いところに置く音だった。上の階から聞こえてくるようだったが確認はできず、ただ、あの日あの食堂で、そういう音が自分の意識を目覚めさせたことが思い出された。

気を取り直してあたりを見回すと、男性店員が団体客を迎えるためにテーブルをくっつけて長い席をこしらえ、椅子を新しく持ってきて、スプーンと箸と器をセッティングしていたのだった。デロンは男性店員に、もしかして連れが酒を頼まなかったかと聞き、頼まなかったという返事を聞くとすぐ酒を一びん頼んだ。男が酒びんとグラス二つを持ってきたとき、それを待っていたかのようにディエンが戻ってきて向かいの席に座った。ディエンは薬局を探して歩き回っていたのだが、薬を買って戻ってくるときに路地を間違えてずいぶん迷ってしまったと言い、すぐに一回分飲みなさいと言って白い四角い薬の包みを差し出した。

正確ではないが、ディエンが夢の話をしたのはやっぱりあの食堂で酒を飲みながらだったような気がする。だが、夢の中でディエンはなぜ、ミシン刺繡をやる工場に行ったことはないと否定した後で急に自分のことを思い出したのか、夢の中のディエンが思い出した自分はどんな様子だったのかと考えていってデロンは啞然とし、面食らってしまった。夢の中でディエンは、ミシン刺繡をしていたことを強く否定するために、前に友達が工場に就職するとき私の住民登録証を使ったことがあり、たぶんこの刺繡はその友達がやったものだろう、そしてあなた方も知ってるかもしれないがその友達とは自分の大学同期生のデロンであり、かなり前に死んだとみんなに言ったというのだった。

何てことだろう。つまり、自分はディエンの夢の中でずっと前に死んでいたのだ。なぜそれを今まですっかり忘れていたのかわからないが、ディエンの夢はそこでも終わらず、何だかもっと続いたらしい。デロンは闇の中でディエンの夢の再現に没頭して口をぽかんと開けたままだったので、つばが垂れそうになっているのにも気づかなかった。ちょうどつばが垂れる瞬間にデロンは急いで口を閉じ、それを飲み込んだが、不思議なことに、その飲み込む音に聞き覚えがあるような気がした。デロンの思考はいつしかディエンの夢を抜け出し、つばを飲み込む音が呼び覚ました聴覚の記憶へと移り、しばらく放心状態に陥った末、隣の家の水道メーターが立てた音にあっと驚いて気を取り直し、そこでようやく、自分がつばを飲み込む音を大きく増幅させると、水道メーターが立てる奇怪な音のある部分と非常によく似ていることに気づいた。

そのときさデロン、とまたディエンが夢の話を続けた。その刺繡をやったのは死んだデロンだろうというディエンの話を聞いて、先輩の一人——刺繡した布を突きつけた人ではなくて、誰だか知らないけど先輩なのは確かな人――がディエンに近づいてきたかと思うと、死んだデロンに関する証言が必要だ、五分あれば十分だろうと言ったというのだ。その山場でディエンはちょっと言葉を切って沈黙し、まるでそれが自分の夢の最重要ポイントでもあるみたいに、その先輩が五分って言ったのがはっきり思い出せると言ったのだが、そう言うディエンの鼻の頭がゆっくりと赤くなっていったのをデロンは覚えている。

ディエンは、その先輩にわかったと答えたときは涙がわっと出てきそうだったと言い、夢と同じく泣きそうな顔でデロンを見ていた。ディエンは震える声で、その先輩の前で死んだあなたについて証言することになったら、とめどなく泣いてしまいそうで怖かった、でも自分がなぜ証言すると約束したのかわからない、そして、ある狭い部屋でその先輩を待っているところで目が覚めたと言った。

そこで目覚めたというのだから、それがディエンの夢の結末だったことは明らかだ。だが考えれば考えるほど、ディエンが夢の話をしたのがあの日のその食堂だったのかどうか、デロンには結局、はっきりわからなかった。夢の話をしているうちにディエンの鼻の頭が赤くなってきて、その顔の後ろには初めのうち、あの粗末な食堂の古い壁紙が広がっていたが、また記憶をたどろうとすると、こんどは全然違う背景、例えば小さな額がかかったカフェだとか、どっしりした大使館の建物がある公園が現れた。記憶を手探りするほどにデロンは徐々に混乱に陥っていったが、記憶の最初の方にある壁紙は、もしかしたら、薬を買いに行ったとは知らずにディエンを待っていて、ディエンはずっと帰ってこないかもしれないという恐怖の中でデロンがにらみつけていたあの壁紙が、夢の話に重なってしまったのかもしれない。

集中しようとして目を閉じたデロンのまぶたの内側で、シャッターをおろした宝石店の黄色い電灯とか、古い郵便局とか、カクテルバーで回っているミラーボールが反射して色とりどりの円がぼんやりと踊る暗い灰色の道路だとか、川辺に沿って山茱萸（さんしゅゆ）が咲いている清渓川（チョンゲチョン）の風景などが流れていった。

その日、清渓川で、ディエンがよく肥えたかささぎを指差し、『川辺の風景』（作家朴泰遠〈パク・テウォン〉の代表作。一九三〇年代清渓川周辺に住む人々の群像を生き生きと描いた）に出てくる反物屋の主人の話をしたのだが、あれが二人で最後に都心に出かけた日と同じ日だったか、そうではないのか、デロンははっきりわからなかった。

ディエンは、なぜ反物屋の主人がそんなに脱げそうなかぶり方で帽子をかぶって理髪店の小僧である再鳳（チエボン）に気を揉ませたのかわからないと言い、また、朴泰遠がなぜ理髪店の少年の名前を再鳳とつけたのか気になると言い、もしかしたら再鳳が朝となく夜となく反物屋の主人の帽子が風に飛ばされることを祈っているのは単なる口実で、反物屋の主人への再鳳の過剰な関心は、そこの反物で思いきり裁縫（チエボン）をしたいという無意識の表れかもしれないと言った。そんな話をした後に夢の話が出てきたのではないかと考えて、デロンは首を振った。あのとき、それとは違うものを見て別の話をしたことを、デロンはぶどうの粒を見るようにありありと覚えている。

あの日、復元された清渓川の川辺では『川辺の風景』の時代の女性にも、今の時代の女性にも見えない、韓国伝統衣装体験の店で派手な色のチマチョゴリを借りてヒキガエルのように体をふくらませた女性たちが、まるで増水した小川を流れてくるものの中から役に立つものを引き上げようとしているみたいに、長い棒のついた携帯電話やビデオカメラをぶら下げ、群れをなしてがやがやと通り過ぎていった。

その光景を見てディエンは、自分には絶対になじめないものが二つあるが、一つは食堂や地下鉄でみんなが携帯をのぞき込んでいる場面、もう一つは、ほとんどの観光地でほとんどの人が長い棒の先に携帯やビデオカメラをつけて歩いてるところで、みんながびっくりするほど同じことをやっているのが不快で、そのせいで家から出るのが怖いぐらいだと言った。そしてディエンが、ねえデロン、こういう嫌悪感って間違ってるのかなあと力なく問いかけたところまではっきり思い出せるのだが、ただ、それがずっと前の、自分がアレルギー性鼻炎にかかる前のことだったか、またはディエンが買ってきた薬を飲んで症状が治まったあの日だったのかが、デロンにはまるでわからなかった。


最後にディエンと一緒に都心に出かけたその日、彼らが、古くからある、新たに改築されたあの映画館で映画を見なかったことだけは確かだ。粗末な食堂を出た彼らは清渓川に立ち寄ったかどうかはともかく、その後すぐに地下鉄で帰宅したのだ。帰り道でディエンが、前にある公園に行ったとき、デロンが新しく買った短靴が合わなくて足を引きずったあげく急に爆発したことを思い出させてくれた。当然デロンもその事件を覚えていた。自分からどこかへ出かけようと言い出しておいて、出かけるといつもそんなことになるよねとデロンが謝ると、ディエンは、いつも理由があったでしょと言いながら、またあの風変わりな様子で頭を振った。

ときどき予告もなく出現する「あれ」は、デロンの持病のようなものだった。デロンはいつも必死でそれを阻止しようとしたが、その意志が発動するのはもうすべてが飛び出してしまった後だった。いつだったかディエンは、デロンが怒って理性を失う直前の表情について、氷が燃えるみたいだと言ったことがあった。爆発直前のデロンはほとんど動かず、ちょっと虚脱した表情でどこかを、実際には何もない空中をじっと見ているのだそうだ。知らない人が見たらお祈りでもしているみたいな、とても穏やかな様子に見えるだろうけど、デロン、そのときたぶんあなたはもうすぐ起きる爆発について閃光のように思いを巡らしているんだと思う、爆発後の未来を一瞬で見てとり、そのむごい対価も予感しているのに、やっぱりその恐ろしい未来は実現してしまうと知り抜いた顔なんだよ、体に油をかぶって焼身自殺しようとしている人が、遠い惑星の爆発を待つ天文学者みたいな冷徹な目をしている、そんな状況なんだよ、自分の中の深淵に亀裂が走るのを最後の最後に見つめている目だよと、ディエンは言った。

　でも、氷に火がつきはじめた瞬間にはね、とディエンは言った。そういうときのデロンはもう自分が知っているデロンではなく、絶対的な何かを悟った純粋な存在みたいに感じられると、それに比べると自分は何ものでもない存在で、山火事みたいにすさまじく広がるあの破壊力の前では焼け死ぬしかない、小さな虫か枯れ草のような存在に思えると言った。それは確かにあなたにとってはすごい恐怖だっただろうねとデロンは言った。ディエンは、本当にそう、ああいうことはいくら経験してもすごく怖いと言った。デロン、あなたがドライアイスみたいに白く燃え尽きて何も残さずに消えちゃいそうで。そんな爆発が起きていた日々の記憶、笑っていたディエンを一瞬で怯えさせた、消すことのできない日々の記憶のせいで、デロンはときに眼球がドライアイスさながらに燃えるようになり、前がよく見えなかった。

とにかく、それがあの日だったにせよ違うにせよ、ディエンの夢の話はすっかり終わったとデロンは思っていたが、でも目が覚めてみるとね、とディエンは話を続けた。目が覚めて考えてみてもその先輩は自分が知ってる人ではなかった、顔が浅黒くて、めがねをかけてたかどうかわからないけど、どっちと言われてもそうだと思いそうな顔だった。あの先輩、めがねしてたでしょと言われたらああ、そうだねと思うだろうし、してなかったと言われてもああ、そうだねと思うような、そんな顔ってあるじゃないの。デロンは特に言うべきことがなくうなずいたが、その先輩というのがどの先輩のことなのか、ディエンに布切れを見せた人なのか、死んだ自分について五分ぐらい証言してくれたと言った先輩なのかはわからなかった。

ディエンは首をかしげて、でも変だよね、二年生の冬休みだったかな、あなたが工場に入ろうとしてたあのとき、私があなたに住民登録証を貸してあげたりはしなかったでしょと尋ね、デロンはうん、そんなことはなかったと答えた。ディエンは、考えてみると工場に入る準備をしていたあのとき、実際に誰か友達の住民登録番号を借りたことはあったけど、それは当時の自分の住所が江南(カンナム)のマンションになっていて工場に入りづらかったからだと言った。

それは夢の話ではないのだから、どの友達だったかはっきり覚えているはずだが、ディエンはそれが誰なのか、デロンの知っている人なのか違うのか教えてくれなかった。その代わり唇を軽く噛み、こういう夢ってどこから来るのかなと尋ねた。いったい、こういう夢はどういう思考や心理から発芽して、どういう経路で伸びていくんだろう、それで結局どうなるんだろうとディエンはつぶやき、デロンは何か言おうとして口をつぐんだ。

突然、暗闇を引き裂くようなブザーの音が響き、デロンは髪の毛が逆立つほど驚いた。こんな夜中に自分を訪ねてくる人は世の中のどこにもいないから、他の家と間違えていることは明らかだとデロンは思い、ドアを開けてやらないことにした。そんな思いを見抜いたかのようにしばらくしてまたブザーが鳴り、ドアの外から、あのー、いらっしゃいますかという男の声が聞こえた。何だろうと思いながらデロンは立ち上がって玄関へ行き、電気もつけずドアも開けずに、どなたですかと聞いた。下の階の者ですという返事が聞こえた。デロンは用心深くドアチェーンをつけたままドアをちょっと開けた。

ドアの狭いすきまから男が顔を押し込んできたので、デロンは驚いて後ずさりした。男はドアのすきまからデロンの顔をじろじろと見た。デロンも目をそらさず、じっと男を見返した。あんまりうるさいんで、誰が住んでるのか見に来ましたよと男が言った。妻が眠れないんですよ、子供を育ててるんですか、子供がいますか、子供ですよ子供、と男は語気を荒くして尋ねた。デロンは半歩ぐらいドアの方へ近づいて、子供はいない、この家には自分と友達二人で住んでいるだけだと言った。男は初め驚いたようだったが、すぐに疑り深い表情で、子供いないんですか、だったら何でドタドタ走ったりドアを開け閉めする音が聞こえるんでしょうかと言う。デロンは、うちには子供もいないしドタドタ走ることもない、何でうちから出た音だと決めつけているのかと尋ねた。男は、天井が鳴るから上だろうと思って上がってきたんだけど、じゃあいったいどの家から出てるんですかね、もしかしておばあさんは明け方にドタドタ走るような音、聞いたことありませんかと尋ねた。

デロンはうなずき、明け方だけじゃなくて、昼間にもドタドタ走る音が聞こえるし、荷物を動かしてるような床をずるずる引きずる音も聞こえると言った。男は、そうだ、ずるずる引きずる音もする、じゃあその家だと思うけど、そこはどこだと思いますかと尋ねる。デロンがわからないと答えると男は、おばあさんはなぜ抗議しないのかと聞いた。どの家かわからないのにどこに抗議するんだとデロンが言うと男はドアから離れ、どの家なのか何としても突きとめようとするように周囲を見回した。廊下にはかすかな暗闇が漂っているばかりだ。男は怒りを抑えられず、ああ、どうしろっていうんだ、ここじゃなかったらどこなんだ、どこに行きゃいいんだ、どの家なんだよと言いながら頭をかきむしった。

ところで、とデロンが口火を切ると、男がはい、はい、おばあさんと言ってドアの方へ近づき、顔を押し込んできた。こんな時間に上がってきてブザーを押して抗議するのは正常なことだと思っているのか、今何時だと思っているのかと聞くと男はぱっとドアから退き、すみません、それは本当にすみませんと言い、妻が眠れなくて、ドンドンという音があんまり大きいんで、絶対ここだと思って来てしまったと言うのだった。

そのとき、クッ、というのどが締めつけられるような音がした。男が驚き、目に見えてわかるほど身震いした。やがてキィイイアーという音が廊下に鳴り響くと、男は気がふれたようにドアに飛びかかり、ドアを開けようとしてノブを引っ張り、何だ、何の音だ、中に何がいるんだいったいと叫んだ。デロンは男の興奮を鎮めるために自分も大声を出し、中から出る音じゃないんだ、廊下から、廊下にある隣の家の水道メーターの音だと言った。男がノブをつかんだ手を離してきょろきょろし、ついに音の出る方向を見つけたのか、隣の家の水道メーターの方へ近寄って耳を澄ました瞬間、キィイイアーという音がぴたっと止まり、すぐに、締め上げたのどから血があふれ出すような、フルッという音がした。

男はおずおずと後ずさりし、高周波のヒィイアーという音が出るとパッと身を翻して走るように足速に歩み去った。男が階段の方へ消えるのを確認してデロンは玄関のドアを閉めた。室内は廊下より暗かった。闇の中から、怒ったんだねデロンというささやきが聞こえた。でも、女の一人暮らしだと言わなかったのは偉い。私たちは怖がりだもんね、デロン。

二十何歳のときだっただろう、デロンはあえて記憶をたどろうとはしなかった。ディエンもデロンもはるかに若かったころ、だが振り返って考えてみても、活気ではなく深い憂鬱に囚われていたころだった。昼休みが終わったばかりで、白昼で、デロンとディエンは学生食堂の裏のベンチに座って、何についてだか話しながらタバコを吸っていた。黒雲が通過するときのように暗い影に包まれるのを感じ、二人が同時に顔を上げたとき、見知らぬ男子学生が彼らの前に立ちはだかっていた。軍隊から戻ってきて間もないような坊主頭だったことは覚えているが、めがねをかけていたかそうでなかったかは思い出せず、どっちと言ってもいいような顔だった。

男子学生が彼らに、タバコを消せと言った。デロンとディエンのどちらか一人がなぜだと尋ね、もう一人は黙々とタバコを吸っていたと思う。男子学生がまた消せと言った。消せないとディエンが言い終わるより早く、男子学生は消せ！　消せ！　消せよ！　と叫びながら腕を振り上げるとディエンの頬を殴りつけた。手で小突くようにして殴ったので、ディエンはバランスを崩して横向きに倒れた。そしてデロンの記憶は、信じられないほどばっさりとその場面で途切れている。そのとき自分が男子学生に何と抗議したのか、男子学生は何と答えたのか、まわりに人がいたのか、彼らはどんな反応を見せたのか、デロンは何も覚えていなかった。しばらくして、まったく違う場所でディエンが泣いており、泣いているディエンをなだめながら自分も泣いていたことだけはぼんやり記憶に残っている。その後、彼らのどちらもそれについて一度も言及したことがなかったから、自分の記憶が途切れたところでディエンの記憶も切れたのか、またはその後のことをディエンは全部覚えていたのか、今となっては知るすべもなくなった。

　デロンは冷水をかぶったようにぞくぞくすると同時に、火の中でじっとしているような火照りを感じた。消せよ！　あのときだったと、デロンは思う。もうずっと前に死んだ者としてディエンの夢に登場した自分が死んだ瞬間とは、まさにあのときだったのだと。消せよ！　ディエンが殴られた直後、自分の記憶がまるごと消えたのは、そのとき自分が何も言えず何も行動できなかったこと、完全に無力だったことを意味するのだと。消せよ！　その呪文はタバコの火に向けられたものではなく、彼らの魂、彼らの愛に向けられたものだったと。消せよ！　あのとき何も言わずにじっと座っていた自分の内部で静かに燃えていた無力感が、精神の連結ヒューズを焼いてしまったのだと。消せよ！　あの憤怒と絶望と恐怖が、彼らの人生を取り返しのつかないほど凝結させたのだと。消せよ！　消せないと言ったのはディエンだったが、まだ消えない熾は自分の内部に残っている。消せよ！　消せよ！　消せよ！　いまだに消えないそれが闇の中で足掻き、声を張り上げ、腕を振り回しているのだと！

　室内がぼんやりと明るみはじめたころ、デロンは疲労困憊して寝床に横たわった。睡眠の透明なせっけんの泡に包まれて、ぼんやりした夢の中へ一歩一歩入り込んでいたデロンは、ある瞬間手足を痙攣させて目覚めた。夜中にやってきた階下に住む男がめがねをかけていたか、かけていなかったかが思い出せない。刺繍した布切れを突きつけてディエンの不道徳な経歴を追及した先輩、死んだ自分について五分で証言しろと要求した先輩、そして大声で怒鳴り、ディエンを殴りつけた男子学生と同様、階下の男も、めがねをかけていたかそうでなかったかわからず、どっちだと言われてもそうだと思えるような顔だった、あの先輩、めがねしてたでしょと言われたらああ、そうだねと思うだろうし、してなかったと言われてもああ、そうだねと思うような、そんな顔だった。

あのときもしディエンが夢から覚めなかったら、ディエンは死んだ自分について何を証言させられたのだろう。ディエンがそこで目覚めず、謎が解けていたらよかったが、ディエンが去った今、それはデロン自身が突きとめなくてはならない問題となった。ディエンが夢の中の狭い部屋で泣きながら証言すべきこととは何だったのか。隠された経歴、絶対にそそがなくてはならない汚名のように、追及を受けなくてはならない秘密のように、否認しなくてはならない罪のように見られていたその不道徳な刺繍の仕事とは何だったのか。それはそうとディエン、とデロンはすすり泣くようにささやいた。真下に住んでいたのは私たちじゃなかった。彼らだったよ、ディエン。

霧がたれこめるように眠気が押し寄せてきて、デロンは徐々に、ディエンが見ていた夢の中へ入っていく。彼らが集まっている。デロンが彼らを知らないのと同じくらい、彼らもデロンを知らないようだが、中の一人が立ち上がり、デロンの経歴の中に不道徳な点を見つけたと言って小さな布切れを差し出す。デロンは違うと否定し、それはずっと前に死んだディエンのものだと言う。彼らのうち一人がデロンに近づき、死んだディエンについて証言が必要だが、五分あれば十分だと言う。彼らは知った顔ではなく、めがねをかけていたかそうでなかったかわからないが、どっちだと言ってもそうだと思えるような顔だ。彼らの前で死んだディエンについて証言をすることになったら、どうしようもないほど泣いてしまうだろうと思うと怖いけれど、デロンはわかったと言い、ある狭い部屋で彼らを待つうちに眠りから目覚める。そしてディエンに夢の話をする。こういう夢はどこから来るんだろう、ディエン。ディエンは答えず、いったいこういう夢はどういう思考や心理から発芽して、どういう経路で伸びていくんだろう、それで結局どうなるんだろう、これもやっぱり夢なのかなディエン、と何度も何度もデロンは問いかける。

向こう

1

学校は、大通りの方からは高い建物に遮られて見えなかったが、最初の裏道に入ると、なだらかな丘に沿って形成された住宅街が大きな楕円形に広がっているのと、丘の中腹の石垣のそばに三棟の校舎が建っているのが見えた。九月の第四週からNが勤務することになった学校だ。

校門をくぐると石垣のある右手にグラウンドがあり、左手に三棟の校舎が一つの長い建物のように並んで建っていた。出勤三日めの日、Nは真ん中の本館の建物の裏に、増築しかけて途中でやめた仮設の建物があるのを見かけたが、何の用途で建てようとした建物なのか、なぜ工事が中断されたのかはわからなかった。

Nが受け持った二年四組の担任教師は、秋夕（チュソク）（旧暦の八月十五日、中秋節）の連休が終わった直後に二か月の病気休暇に入った。校長の話では、その教師は体調が思わしくなく、病気休暇が終わったら長期休職に入るということだった。それはNの勤務契約が最低でも一学期、運がよければ一年まで延長されるだろうという意味だった。そうなればNとしては当分の間、母の入院費の心配をしなくてすむ。

Nのクラスの生徒は大きな問題を起こすことはなかったが、Nが担任だからか、または正規の担任ではないと思っているせいか、授業中に他のクラスよりずっと派手に騒いだ。校長が廊下を通ってこんなに騒がしい教室の様子が見えたら、生徒の管理もまともにできない教師だと思って、Nの契約期間延長を思いとどまる可能性もあるだろう。Nはときどき焦りを感じた。

授業を終えて出てくると、学級委員が呼ぶ声が聞こえた。学級委員は小柄でやせておとなしい顔をしていたが、声だけははっきりとよく透(とお)った。

「大変です！　うちの教室の後ろのドアがまた故障したんです」

前に故障していたのがまた故障したというのか、それがどうして大変なのかわからなかったが、Nは、じゃあ直してくれと言えばいいでしょう、と言ってから、どこへそれを頼むのだろうかと思ってとまどった。どこか直してくれるところがあるのだろうけど、それがどこなのかわからない。

「用務員のおじさんに直してくださいって言わなきゃいけないんです」

Nはそうしなさいと言った。

「それが、私たちが行って頼んでもおじさんが直してくれないんです。わざと壊してるんだろうって言われちゃって。明日の三時間めが体育だから、グラウンドに出るときドアに鍵をかけないといけないんです、そうしないと泥棒が入るから大変なんですよ」

「じゃあ先生が」、Nは自分を先生と呼ぶことに喜びを感じた。「お話しといてあげようか？」

「はい、今回は本当に先生からお話してくださった方がよさそうです」

「それでおじさんは……どこにいらっしゃるのかな？」

学級委員は首をかしげて、それは自分もよく知らない、前はあの、裏の方の建物にいた、あそこに何だか気持ち悪い建物があるでしょうと言った。あ、あそこか。Nはすぐにわかった。

本館の裏の陰になった地面には、苔がまばらに生えていた。工事が中断されたままの建物のまわりには遮断幕がめぐらしてあり、入り口には黒っぽい紫色のネットが垂らされている。Nがそれを持ち上げて入ると、工事の残骸が積み上げられた空っぽの空間が現れ、どこからかざわざわする音や笑い声が聞こえてきた。音のする方では白い服を着た人たちが集まって車座になり、野菜の皮をむいたり、下ごしらえをしたりしており、調理員であるらしい。Nは彼らの一人と目が合った。

何のご用ですかと誰かが尋ねたが、Nと目が合った人ではなかった。誰に言われたのかわからなかったので、Nは目の合った人に向かって、教室の後ろのドアが壊れたので用務員のおじさんに会いに来たと言った。そのおじさんここにはいないけど、という返事がやはり他のところから聞こえてきた。Nがきょろきょろしながら、じゃあどこにいらっしゃるのかと聞くと、人々が急にがやがやしはじめ、それは私たちが知るわけないよ、体育室にいるかな、あのおじさんまだ出勤してないかもねといった言葉や、おじさんなんて言っちゃいけないよという言葉に続き、「シュ何とか様」って呼ばなきゃいけないんだよという言葉が聞こえてきた。Nと目が合った人が立ち上がって、先生がお探しの方は、と言うとまた誰かが「シュ何とか様、シュ何とか様」と歌うように割り込み、みんな吹き出した。

「その方はここにいらっしゃらなくて、私たちもどこにいるのか知りません。たぶん事務室にお聞きになればわかると思います」

Nはありがとうと言って振り向きながら尋ねた。

「ところで、事務室はどこにありますか？」

とそこから逃げ出した。

え？ と相手は信じられないという顔で聞き返し、事務室は本館の一階、先生のいらっしゃる教務室のすぐ隣にあるんじゃございませんかと過剰にていねいに言った。Nは顔を赤らめてあたふたとそこから逃げ出した。

事務室の位置が一階の教務室のすぐ隣なのは、言われた通りだった。だが、廊下に面している事務室のドアには何の表示もなく、鍵までかかっているので、壁と何も違わない。事務室に行くには教務室の前方の入り口を入るとすぐ右にあるドアを開けなくてはならないが、そのドアには「教務事務」という小さな札が貼ってあるだけだ。教務室の後ろの方に席があるため前の入り口から出入りすることがほとんどないNがその札に気づかないのは、当然のことだった。

前方に座っていた事務室の職員は、Nの要求を聞くと椅子をゆるゆると引いて体を後ろにそらし、ついたての向こうの誰かに何か言った。ついたての後ろで他の職員がバッと立ち上がった。その職員はあちこちに内線電話をかけ、携帯電話で誰かと話し、ほとんど息を切らして、今すぐ芸術体育系教員室に行けばよいと言った。Nは素早くありがとうと言って事務室を飛び出したが、そうすることが、この問題の解決に命がかかっているかのように迅速に業務を処理してくれた職員への礼儀のように思えたからである。しかし速足で廊下を走り出したNはある瞬間、自分が芸術体育系教員室がどこなのか知らないことに気づき、すぐに振り向くと、また小走りに事務室へと駆け出した。

芸術体育系教員室のドアを開けて入ると、ソファに座っていた男が待ち構えていたように振り向いた。部屋にいるのはその男だけだったが、寒い地方から来た人のように頬の上の方が赤く、唇がひび割れていた。

「おじさん、二年四組の教室の後ろのドアが故障したので来ました」

男がソファからゆっくり立ち上がった。

「今、私に向かって何とおっしゃいました？」

おじさん……と言いかけてNはすぐに技士様と訂正した。

「技士様？」

Nは、また人違いをしたんだと感じた。

「すみません先生。技士様を訪ねてきたんですが、先生を技士様だと思って」

「いったい教員の皆さんは、教育庁からの公文書を読んでるんですか、読んでないんですか？」

「はい？」

「私は教師ではありませんが、だからって〈ギシ様〉だなんて、私は運転技師か何かなんですか？」

「その技師様と技士様は違うんですが……」と言ってからNは、仮設の建物にいた調理員たちが「シュ何とか様」と呼ばなくちゃいけないと言っていたのを思い出し、「私、技士様のお名前を知らなくて」と言い訳した。

「私の名前を知ってるかどうかじゃなくて、公文書に出てるじゃないですか？　シュムカンと呼ぶようにって、公文書にそう出てないですか？」

シュムカンというのが人名でないことは明らかだったが、Nはそんな公文書を読んだことはなかった。

「私、新しく来た期間制教師（非正規雇用の臨時教員で、教員免許は持っているが教員採用試験に合格していない状態）なので……」

「え、期間制？」と男は驚き、「期間制ならそんなもんだろ、期間制なら」と言ってうなずきかけてから、「でも期間制にしちゃ、ちょっと年を食ってなさるようだけど？」と言った。それについては何とも答えようがない。男がスプリングファイルにとじた紙束を差し出したので、Nは必要事項をそこに書き込み、今日じゅうに直してもらえるかと聞いた。

「今日だなんてそれは無理だよ。何にでもスケジュールというものがあって、工事は順番にやっていくんだから……あれ、また二年四組か？　このクラスはもう、常習だな。もう三回めだぞ。これもみんな、教師が生徒指導をちゃんとやってないから」と言ってから彼はNに向かって打ち消すように手を振り、「先生に言うことじゃないけどな、先生は期間制だからな」とつけ加えた。期間制だから何がどうなのかと思いながらNは、明日、体育の授業が入っているので教室のドアに鍵をかけなくてはならないのだと言った。

「そんなことまでいちいち気にしてたらやってられんですよ。本当にどうしようもないなら当番が残って荷物の番をしたらいい、他に方法があるかい？」

Nは背を向けかけて問うた。

「ところで、シュムカンって……どういう意味ですか？」

男が作り笑いをした。

「わからなかったら他の先生方に聞いてみなさいよ。期間制の先生が質問を怖がっちゃいかん。いっぱい聞いて覚えないと。そうやって早く慣れないとな」

だから今聞いてるんですよ、と言い返そうとして、やめた。

2

療養病院は市の境界に位置する地下鉄駅近くの複合ビルにあった。最近リモデルしたので外観はきれいだが、駐車場や非常階段といった手の回らない内部にはまだ随所に、古くてぼろぼろだったころの痕跡が残っていた。八、九、十階が療養病院で、すぐ上の十一階にフィットネスクラブが入っており、Nはときどきトレーニングウェア姿の若い男女と同じエレベーターに乗り合わせた。この夏ずっと彼らは、見事な筋肉を露出するために簡素すぎる服装をしており、エレベーターに乗ると、四方の鏡にはほとんど裸も同然の体がびっしり映るので、Nは降りるまで四方の鏡を見ないですむようにうつむき、目を伏せていた。

初めて八階に降りたとき、Nは目の前に広がった光景にびくっとして後ずさりしそうになった。エレベーターのドアが開くや否や、車椅子に乗った老人たちの群が鼻先まで迫ってくるようだったからだ。

もちろん彼らが実際に車椅子を動かして接近してきたわけではなかったが、うつむいていた顔を上げて今まさに降りようとしたNにはそう感じられた。ときには五、六人、多ければ十人近くの車椅子に乗った老人がエレベーター前に布陣しており、エレベーターが到着するピンポンという音が鳴るといっせいにドアの方を見た。家族や訪問客を待っているのでもなく、お互いに談笑しているわけでもない。彼らはただ、ピンポンという音が聞こえるし、また、見える目があるので見ているだけなのだろうが、無表情なしわくちゃの顔から放たれるぼんやりした視線が一か所に集中するとき、Nは何か悪いことでもしたようにすくんだ。

見舞いをすませてエレベーターに乗り、トレーニングを終えて降りていく人たちのシャンプーのいい香りに包まれたときNは初めて、八階でずっと自分をとらえていた、健康であることへの申し訳なさや、活発な動きをできるだけ自制しなくてはいけないような萎縮から解放された代わり、見知らぬ若者たちがくり広げる肉体の饗宴のただ中に改めて放り込まれたような違和感と疎外感を感じた。

Nの母は八階の一〇三号室の右側二番めのベッドに寝ていた。母は四か月前に脳出血で手術を受けたが、手術前にもう体の半分以上が麻痺した状態だった。手術後も、首を支えることができず、座っていることも立つこともできなかった。意識も完全ではなく、声は出せるが話せなかった。回復の望みのない状態で療養病院に運ばれた母は、少しずつ悪化していった。そうやって徐々に悪化していったため、今では母のことを考えると自然と、以前の健康な姿ではなく病気の姿を思い浮かべるようになったのだが、Nはいざ見舞いに来て母に会う最初の瞬間、予想通りの姿だとはいえ、その予想が的中したことがひどい裏切りでもあるかのような奇妙なショックを受けた。

母は手術のために刈った白髪の短髪が少し伸び、額の骨の形がはっきり見えており、鼻と口には薬と栄養補給のためのチューブが挿管されていた。母はNが一目でわかることもあれば、見舞いを終えて帰るまで気づかないこともあった。今日は間もなくNに気づいて泣きはじめた。

「ご家族の方ですね？」

看病人（韓国の病院では看護師が医療行為以外は行わないので、身辺介助などは家族か「看病人」と呼ばれる職種の人が行う）が入ってきて挨拶した。しばらく前に交代した看病人で、人なつっこく、活発だった。隣の患者の家族の話では、八階には八人部屋、九階には六人部屋と四人部屋、十階には二人部屋と一人用の特別室があり、上の階にはかなり経験豊富な看病人を配置しているのに比べ、八階には日払いの雑用係として採用された初心者が配置されているのが問題なのだそうだ。仕事に不慣れなのに受け持つ患者数が多いので、耐えきれずに人がすぐに辞めてしまう、上の階の病室はそうではない、私たちが貧乏人だから私たちの親も貧乏人用の病室に入れられるんだと言っていた。本人は自虐っぽく言っているのだろうが、Nにはそれが呪詛のように聞こえ、自虐が続くと呪詛になるんだな、と復讐するような気持ちで考えた。

「お母さん、泣きなさったらだめですよ。泣く人は嫌ですよって言ったでしょ？　泣くと憎らしく見えますよ」看病人がガーゼで母の目元を拭きながらそう言った。「今朝は歌を歌ってたのに、何で今になって泣いとるんです？」

「え？　母が歌を？」

「ええ、お母さん、歌、お上手ですね。気分がいいとこっちの手を、」と言いながら看病人は母の麻痺していない右手首を握って空中で動かした。「こんなふうに、こんなふうに、揺らしながら歌うんです。そういうときは赤ちゃんみたいですね」

「何の歌を歌うんですか？」

「そこまでは私もわかりません。お年寄りには、子供のころに歌った歌を歌う方が多いと聞きましたけど」

Nは母が子供のときに歌った歌を知らないばかりか、ふだんから母が歌を口ずさむのを聞いたこともなく、そんな姿や声を想像できなかった。歌を歌ったという母の口をNは見た。チューブのために開いた唇のすきまから歯茎と舌の先が見え、そこには白い舌苔がついていた。

「ちょっと母の口を拭いてあげてもいいですか?」

Nがそう言うと看病人が、母の口をのぞき込んで舌打ちをした。

「私、一日に何回拭いとるか知れんですよ。今だって、拭いてからそんなに経ってないのにこうですもんね。でもしょっちゅう拭かないといけませんね」

看病人が涙を拭いたガーゼを手に巻いて、母の口の中に入れてかき回した。母がう、う、と声を上げた。一時期Nは、悲しみが爆発したらどこででも座り込み、うっとこみ上げてくるままに号泣し、目の前が見えなくなるほど涙を流したものだ。生まれてこの方Nには母しかいなかったし、母にとってもNだけだった。今ではもうNは泣かない。目頭が熱くなっても涙は出ず、息が切れても声が外に漏れることはなかった。看病人が去った後、Nは母に読んでやろうと思って持ってきた詩集を取り出した。

3

教室の後ろのドアは十五日過ぎても修理されなかった。体育の時間に当番が教室に残ることについては、生理中の生徒が先を争って志願したため、あっさり解決された。Nはもう主務官に会いに行かず、学級委員にもその必要はないと言った。その代わり、後ろのドアが故障している間は体育の授業や移動授業のとき必ず当番が教室に残ること、授業を担当する教師に当番が抜けた事情をちゃんと報告すること、最後に最重要事項として、修理してくれる方を絶対におじさんとか技士さんと呼んではならず、「主務官様」と呼ぶようにと言い聞かせておいた。

学級委員はよく透る声で、はい、よくわかりましたと答え、翌日、クラス討論で決定された内容として、一週間ごとの当番名簿を作成してきた。ドアが直るまで毎週、当番を新しく決めるのだという。どうやってこんないいことを思いついたのかとNがほめると、学級委員が言った。

「私が一人でやったんじゃなくて、自治で決めたんです」

「自治？」

「私たち自身で民主的にやってるんです。担任の先生が自治のやり方を教えてくださったので」

おお、立派だね。Nは本気で感心した。

Nは三階の食堂に上がり、トレイに給食を入れて窓ぎわの席に座った。ごはんと、じゃがいもの千切り炒めから食べていった。ごはんには黒米が入っており、炒めものは、じゃがいもの千切りが太いため火がよく通っておらず、固かった。向かいの席に来て座った年配の教師がNを見てから豆もやしのスープをかき混ぜ、またNを見た。教務室でも廊下でも会ったことのない顔だ。Nは、食べものが入っていたので口を開けられず、頭だけ下げて挨拶した。年配の教師が独り言のように尋ねた。

「二年四組に新しく来た……？」

Nは口の中のものを飲み込み、そうですと答えた。

「じゃあ、二か月のお勤めですね」

「それは、その方の健康状態によって延長もありうると聞いています」

「延長はないと思うな。あの先生、きっちり二か月だけ有給で病気休暇を取るって言ってたから」
Nは黙ってごはんを食べた。年配教師と校長とでなぜ言うことが違うのか、どっちが正しいのかわからない。二か月と一学期とではあまりに条件が違う。もしかしたら病気休暇を取得したその教師は、初めから二か月だけ休んだら出てくるつもりで、校長はそれをちゃんと知りながら、教員採用試験が迫った二学期半ばに二か月の期間制教師を見つけるのは大変なので、Nに偽のえさを与えた可能性もあった。母の病院代のことさえなかったら、いや、その負担があっても、病気休暇を取った教師が長期休職に入るという保証がなかったら、Nが今年の採用試験を放棄してまで二か月の契約でここに来ることはなかっただろう。

「秋夕（チュソク）の連休もしっかり消化してから病気休暇に入った人だからね。それに病休の後も、だましだまし一か月頑張れば冬休みに入るのに、どうして休職なんかすると思う？　あの先生、そんなことしてられる身分でもないし」

誰が見ても、その教師としてはその方が得だろう。Nの脳裡では、担任が自治の手法を教えてくれたという学級委員の言葉と、秋夕の連休までしっかり取ったという年配教師の言葉がめまぐるしく交差した。

「ちっ！　トレイを変えただけじゃ足りなくて、投票までやるなんて、いよいよ佳境ってわけかな」

年配教師の愚痴に、Nは「はい？」と尋ねた。

「そちらさんはよくご存じないだろうけど、このトレイがしばらく前までは金属、つまりステンレスだったんだ。私が初めて来たときはこういうプラスチックだったんだけど、私たちがステンレスに変えろとずいぶん建議を出してね。ステンレスのトレイならおかずを入れるくぼみも深くて、こんなふうにおかずが混じったり、汁がこぼれたりしないからね。それに、プラスチックというものは体によくないでしょう、熱いスープを入れたり、飯を入れたりするものにこんな素材を使いますか？　私たちはいいとしても、成長期の子供たちにどんなによくないか？　それでせっかく変えたのに、また自分らだけで好き勝手に変えちゃって」

「自分ら」とは誰なのか聞こうとしたが、Nは言葉を変えた。

「でも、なぜまた変えたんでしょうか？」

「なぜも何もない、無期に変わったから変えたんですよ」

初めNは何のことだかわからなかったが、すぐに、年配教師が言っているのは、契約職の人たちが無期契約職に転換すると同時にトレイをプラスチックに変えたという話であることを理解した。無期契約という言葉は常にNに矛盾した感じを与えたが、それは「無期」、つまり期限がないという意味のその言葉が、「無期停学」や「無期懲役」といった、主に苦痛とともに待つ状態や希望の不在と結びつけて使われるからだろう。

「ステンレスのトレイが重くて椎間板ヘルニアになったり肩がはずれたりしたというんだけど、それまで何ともなかったのに、無期になったらそんなこと言うのは何なんです？　そんな体なら、最初からこういう仕事じゃなくて他の仕事をすべきでしょう？　言わせてもらえば、私たち教師が生徒を教えるのに、のどが痛いから、咳が出るからって、しゃべらずに自習ばかりさせててもいいのかって話だ。教師を辞める方が正しいじゃないか。一言で言って職業意識がないんですよ、職業意識が。もともとあの人たちがどうして学校に入ってきたかというと、無償給食義務化だとか何だとかで学校で人手が足りないから、経歴も何も問わずに、町の食堂で働いてたおばちゃんたちを急遽連れてきてパートタイマーだとこじつけたわけでね。そんな人たちが堂々と教育公務員に無期転換して、何さまになったつもりだか、自分らの思い通りにトレイも変えて、投票もするんだとか言って」

ごはんを食べているからか、たくさん話したからか、年配教師の口の端には透明なあぶくが溜まっていた。Nは突然こみ上げてくる怒りを抑えられなくなった。それは長期契約への期待が崩れたからなのか、トレイが変わったからなのか、年配教師への嫌悪のせいなのかはわからなかった。

「さっき、投票のお話されてましたけど、だからトレイについて投票しようというんじゃないんですか？　自分ら、いえ、その方たちの思い通りにするんではなくて」

「まったく、よく知りもしないくせに出しゃばらなくていいですよ」年配教師がむっとして言った。「トレイのことで投票するんじゃないんだよ。もっとばかみたいなことで投票やろうっていうの、これはもう終わった問題だけど」

「終わった問題なんでしょうか？　他のことはともかく、トレイは子供たちの健康がかかった問題ですから、私たちから改めて提案して、変えるべきじゃないでしょうか」

Nの言葉に、年配教師はちょっと上目遣いな表情をしてみせた。私たち？　と聞き返しているようだった。年配教師は明らかにNを、「私たち」より「自分ら」に近い存在と考えているらしかった。

「あのねえ、このトレイの件はですねえ、あの連中がもくろんだには違いないけど、とにかく、トレイでも何でも、変えるためには決裁が必要なんだ。すでに校長決裁が下りた事案について、無力な平教師がつべこべ言うことはできないんですよ」

「校長先生がなぜそんな決裁を？」

「知らないからだよ、知らないから。あー、私は何でこんなどうでもいい話ばっかりしてるんだろ？　自分でもわけがわからないな。ここで働くのもあと少しなんだから、気にせずにやっていかないとね」

　話し終えた年配教師がトレイを持って立ち上がった。


「つまり、なぜ校長先生はトレイを変える決裁を下したのか、ということですね？」

　二年生の学年主任の言葉に、Nはそうだと返事した。

「まず、校長先生は、トレイそのものに関心をお持ちではありません。なぜか？　教職員食堂でお昼を召し上がらず、校長室で一人で食事されるからですよ。栄養士がお盆に載せて別に持っていくんです」

　校長は糖尿病があるので、栄養士が献立を別立てにして、甘いものや冷凍食品の揚げ物などは除き、雑穀ごはんに豆類と野菜、魚介類などを主にして作っているのだそうだ。

「ご本人が食堂で召し上がらないので、トレイの問題はよくご存じなくて、それで栄養士のいいようにやりなさいって決裁されたんですよ」

　じゃあ、投票の話は何なのかとNが聞いた。

「それはちょっと話が長くなります。本館の裏になぜ建物を建てかけて中断したのか、知ってますか？」

Nは知らないと答えた。

「今の校長先生が来る前、つまり前の校長先生のときにさかのぼる話です。うちの教職員食堂が本館の三階にあるでしょ？　だから、食材や器材を上げ下ろしするのが大変なんですよ。その上学生食堂もないから、担任が毎日お昼のたびに配膳監督で大わらわで。先生も配膳をしてみておわかりでしょうけど、クラスごとに載せて運んで片づけて、また載せて運んで、けっこう面倒じゃないですか？　それで、本館の裏に学生と教職員の両方が集まって食べる大きな食堂を作ろうと、そんな話が出たんです。そのとき反対する人は誰もいませんでした」

学年主任はそのころのことを回想しているようにそっと微笑を浮かべた。校長にしてみれば事業を立ち上げて予算を確保できるのは好都合だし、教師たちは配膳監督をしなくていいから楽だし、調理員たちは食堂が一階になれば助かるので、みんな意気投合したのだそうだ。だが、せっかくの建物ができ上がるころになって突然、調理員たちが反対に回ったという。

「なぜですか？」

「あそこは暗くて日が入らないので、食堂として環境がよくないと言うんです。そこまではいいとしましょう、あの方たちが嫌ならどうしようもない。でもそれなら、三階にそのままいるしかないでしょ。ところがあの方たちが、本館の一階とその建物を交換しようと言い出したんです。食堂は本館一階に置いて、本館一階の教務室を新しい建物に移せって。あそこは環境がよくないから自分たちはいたくないとあれほど言っておいて、私たちに向かってそこへ行けなんて、そんな話があるかって先生方がカンカンになったんですよ。でもそのときは、栄養士の勤務時間が足りなくて無期契約職に転換できずにいた時期でね。だからその話はうやむやになり、なかったことになり、前の校長先生も転勤になって、新築の予算もほとんど使ってしまったので食堂は建ててる途中で止まり、あんなみっともない恰好で放置されてたんですけど、今年、夏休みが終わった後に、栄養士と調理員のほとんどが無期契約職に転換されたんです。それは別に悪いことじゃないですよね。先生方の中にはあの方たちの味方をする人も多くて、教員労組の方たちは一緒に闘争もしてたから。でも無期契約になってみると、あの人たち、何ていうかちょっと変わったんですよ。こっそり決裁を受けてトレイも変更してしまうし、食堂の建物をめぐってまた全職員投票をしようということになったんですよ。今の校長先生は前後の事情をよく知らないし、あちこち問い合わせて聞いてみたら頭の痛そうな話だし、変に誰かの味方をするのもはばかられるしで、民主的に投票をしなさいって言ってすませたんですが、まあ、こんな事案で投票なんかするのかって先生方の反発もひどくてね、そこで今回は副校長先生が代わりに、いっそ投票して否決になれば恰好もつくじゃないか、そうなったら、もうこんな話が出てくることもないんじゃないかって、なだめたんです。当然、否決にはなるでしょう、先生方の方が数が多いから。でも先生のほとんどが、そもそも何でこんなことで投票しなくちゃいけないのかって、そう言ってるわけです」

Nがあの建物に入ったことがあると言うと、学年主任の目が丸くなった。

「あの中に入ったんですか？　どうでした？　日光が全然入らないから、暗くて湿気が多くてカビがいっぱい生えてるそうですが」

湿気はちょっとあったが、カビが生えていたかどうかはよくわからず、中で栄養士と調理員が集まって働いていたと言うと、学年主任が手でテーブルをトン、トンとたたいた。

「そんなことだろうと思った。自分らで使ってるくせに、何で投票なんか？」

Nは学年主任が初めのうちは彼らを「あの方たち」と言っていたが、いつのまにか「自分ら」と呼んでいることに耳ざとく気づいた。

終礼を終えて教務室に戻ってくる途中で、Nは校長と出くわした。校長は、困ったことはないか、困ったことがあればいつでも来て忌憚なく話してくれと言った。Nは最初、ないと答えようとしてから、ふとこう言った。

「うちの教室の後ろのドアが故障したんですが、主務官様がすぐに修理してくださらないんです」

校長は聞き取れなかったようで、え、誰と聞き返した。主務官という呼称になじみがないのはNだけではなかった。

「主務官様です。用務員じゃなく主務官と呼ぶようにって、公文書に出てたっていうんですが」

「ああ、主務官。そうだね主務官。主務官が忙しいんですか？　何で早く修理してくれないんですか？」

Nは早口で事情を話し、後ろのドアを施錠できないので、室外授業と移動授業の際には毎回誰かが、授業も受けられず、盗難事故予防のために当番として教室に残っているのだと話した。

「やむをえないのであれば、当分の間そうしておくしかないですね」

校長が優しくうなずいた。一緒にうなずいてくれという意味であることはわかったが、Nは意地でもうなずかず、それは生徒の授業を受ける権利にかかわるので、保護者から抗議を受けることもありうると言った。校長は、そこまで心配する必要はないと思うと言って行こうとしたが、Nが「それと……」と言うと立ち止まった。

「トレイが変わりました」

「あ、そうですか」

校長はそれの何が問題なのかわからないふりをしたが、Nは、校長は知っていると感じた。校長は校長でNの言い方に不快感を覚えたらしく、顔がこわばった。Nは校長が短い目礼をして行ってしまった後も、強情な動物がいすわるように一人、眉間にしわを寄せてその場に立っていた。認めたくなかったが、年配教師の言ったことは当たっていると思った。病気休暇、休職云々という話をするときも校長はあんな表情だった。わかっていてだましたのだ。もう契約期間延長のために校長にも誰にもよく思われようとしなくていいと思うとNはちょっと気が楽になったが、そのあまりの軽さに引き換え、押し寄せてくる憤怒とわびしさは支えきれないほどずっしり重かった。

4

ある日療養病院の八階に降りるとき、Nはふと何かが変わったことを感じた。Nはそれまで誤解していたのだが、車椅子に乗った老人たちがじろじろ見ていたのは、八階で降りるNのような訪問客ではなかった。老人たちが凝視していたのは、その向こうでエレベーター内をぎっしり埋めている固い筋肉であり、ぴったりフィットしたシャツやショートパンツを身につけた若く健康な肉体たちだったのだ。夏の間燃えさかるようだった老人たちの熱視線は、涼しくなって若者たちが厚い服を着るようになると徐々に鎮まっていった。エレベーター前に陣取る老人たちの人数も減ってきた。この新しい気づきは老人たちの視線からNを解放するどころか、むしろ、さらに奇妙な不快感で

Nを締めつけた。Nはエレベーターの中でではなく、むしろエレベーターを降りた後でうつむき、目を伏せた。そうすることで、老人たちの顔から放たれるあてもない飢えたまなざしを見ないようにした。

母は眠っていた。今日に限って口の中に見える舌苔がそれほどひどくなかったので、Nは気持ちが明るくなった。母さんはまだ若いのだから、免疫力や回復力が残っているだろう、私たちが知らないだけで、奇跡のような現象はいつどこにでも存在するのだとNは思った。

母がぼんやりと目を開けた。眠りから覚めた母の目に自分がどう見えるのか、Nにはわからない。急に、子供のとき眠りから目覚めたときに見た、ぼんやりした母の後ろ姿を思い出した。母と一部屋で暮らしていたあのころ、ときどき夜中や明け方に起きて目を開けると、後ろを向いてタバコを吸っている母の背中が見えた。その背中を見、タバコの匂いをかぐと、Nは安心してまた眠ることができた。

「タバコ……吸いたいですか?」

Nは母の耳元にささやくように言った。その言葉に反応したかのように、母の目がちょっと輝いた気がする。母の欲望を呼び覚ますことは今の母にとって拷問なのか刺激なのか、Nにはわからなかった。知らない看病人が入ってきた。看病人はまず窓ぎわにいる老人を見て、それからNの方を見た。

「そちらのお母さんのご家族ですか?」

Nは、はい、と中腰になって挨拶した。看病人がNのいるベッドの方へ来て、点滴の袋を確認した。

「新しくいらした方ですね、どうぞよろしくお願いします」

「私は九階から降りてきたんです。新しく人を雇ってくれたら、九階に戻るんです」

以前の看病人と同様、言葉に北の地方のアクセントが混じっており、多少ぶっきらぼうだった。

「前にいらした方もよかったんですけど、どうしてお辞めになったんですか？」

看病人が、何でそんなこと聞くんだと言いたげにきょとんとしてから顔をそむけた。Nは、契約期間が終わって自分が学校を辞めた後の様子を想像してみた。あの先生、よかったのに、どうして辞めたんですかと質問する学級委員のよく透る声が聞こえてきそうだ。学級委員や他の生徒たちがそう聞いたとしても、Nがその事実を知ることはないけれど、もしもそんなことがあるなら学校を辞めても誇りは残るだろう。それを目標に、残された時間を生徒たちと楽しく過ごしてみよう、たとえ非正規職や雑用係であっても、ベストを尽くす人はいつどこにでもいるということを見せてやるんだ、母さんも自分の子供がそんな小さな奇跡を起こす人間であることを望むだろう。そう思うと胸が高鳴る。Nは母の右手を握った。細い骨を覆った皮膚が、ビニールのラップのように薄く感じられた。

「うちのお母ちゃん、今日も歌を歌ったかな？」

「歌ですか？」

看病人が目を見開いてじっと見た。

「今日は歌いませんでしたか？」

「歌って、どんな歌を？　泣くんじゃなくて？」

「前にいらした方が言ってたんですけど、母が、気分がいいときは歌も歌うんですって」

「歌うところを直接見たんですか？　聞いたんですか？」

自分で見たり聞いたりしたことはないとNは言った。

「ああもう、まったく。ちょっと考えたらわかりゃせんですか。お母さん、こんな状態で何で歌なんか歌えると思うんですか？　泣いとるんでしょ。う、う、って声出して。その看病人、家族の方が喜ぶようにそんな詐欺みたいなこと言ってたのよ。そのくせ一方じゃ見えないところで悪いことしてたから、このざまでないですか？」

Nはぼんやりと看病人を見つめた。

「だって、こちらのお母さん、この何日か泣いてもいなさらんですよ。声も全然出さないし。私、驚いてしまってね。何かまずいことでもあったかと思って」

看病人がふとんをめくった。かえるのように足を広げて寝ている、げっそりやせて縮んでしまった、五、六歳にしか見えない母の小さな体が現れた。一瞬Nは、今まで見ないようにしていたために見えなかった何かを初めてはっきり直視したような気がした。

「ほら、見てごらんなさい」

看病人が母のねまきの上衣を脱がせた。出てきた体の左側と右側は、同じ人のものには見えなかった。感覚が残っている右側は木の枝のようにかりかりにやせているが、麻痺した左側は循環がないせいか、ぶくぶくと赤黒くむくみ、大きな肉のかたまりのように見える。看病人が母の体を抱えて体位を変換させた。肩と背中、腰が現れ、看病人はあちこちのただれた部分に薬を塗った。

「いいかげんなお世話をしてたせいで、皮膚が重なってないところまでこのありさまですよ。重なったところはもっとひどいでないですか？」

看病人が母の右手首を持って脇の下の褥瘡（じょくそう）を見せてくれた。それはちょうど、前の看病人が、母が歌を歌いながらこんなふうに、こんなふうに手を振ると言って右手首を持ち上げたときとよく似ていた。

「おむつをつけてるお股の方はもう、お話にもならんですよ。こちらのお母さんだけじゃなくて、他のお年寄りたちもみんな褥瘡ができちゃいました。中でもこちらのお母さんがいちばんひどいのは、ものが言えなくて訴えられなかったからですよ。私、この階に降りてきた初日は驚いてしまって、夜も眠られんでしたよ」

看病人が、膿（う）んで崩れた脇の下に薬を塗り、ズボンを脱がせた。Nは歯を食いしばった。上半身と同じく、下半身も左右が残酷な対照を見せている。看病人がおむつをはずすとすさまじい褥瘡の実体が現れた。看病人が足を広げたり持ち上げたりして薬を塗っている間、Nは目を閉じたり後ろを向いたりせずに見守った。看病人が新しいおむつをして服を着せ、ふとんをかけた。小さなやつれた顔だけを出した母のげっそり凹んだまぶたに、涙がたまっていた。母が言葉で表現できなかった苦痛、そのためにNには想像もできなかった苦痛がそこにたまり、目やにのように固まっていた。

5

朝礼の時間に学級委員が嬉しそうな顔で、後ろのドアが直ったと言った。Nは自分も嬉しそうな顔をしてみせようとしたが、うまくできなかった。この一週間、Nは学校が終わるとすぐ療養病院に行き、終電前までそこで座っていて、それから帰宅するという生活を続けていた。悪い風邪をひいたように鼻がしくしく痛み、耐えられないほど頭痛がひどかった。電車に乗っても降りるのを忘れたり、反対方向に乗ってしばらく行ってしまったりし、道を歩きながら、自分が泣いているのにも気づかないまま泣いていることもあった。

お昼にNの隣に座った二年五組の担任はいつも通り、学校で起きたさまざまなことについて大声で話したが、ときにNはその口に何かを詰め込んでしゃべれないようにしてやりたいと思うこともあり、ときにはその言葉にじっと耳を傾けていることもあった。そんな非現実的な放心状態で聞いていると、勤務初期の、何でもいいから知りたくてやきもきしていたあのころにはまるでわからなかった学校の状況が、かえってよく把握できるかのようだった。

主務官が非正規職ではなく正規職の用務員だということも、隣の組の担任の話で知った。でも、みんながそれをわかってくれず、おじさんだの用務員さんだのと非正規職の人を呼ぶように呼びつけるので、主務官という立派な肩書きにあれほど執着するというのだった。事務室の職員の中にも正規職と非正規職の人がおり、Nの頼みに失礼な反応をした職員はもともと事務補助の臨時職だったのが去年無期契約職に転換した人で、一方、まるで命がけみたいに必死に主務官のいる場所を問い合わせ、Nに教えてくれた職員は、まだ無期契約職になれない非正規職だということもわかった。複雑そうに見える状況も、正規と非正規を分ける境界さえ心得れば、ほとんどのことが実に簡単に理解できた。

お昼を食べて教務室に戻る途中、学年主任がNに寄ってきて、食堂の話を聞いたかと尋ねた。この前Nにトレイと食堂の話をしてくれて以来、学年主任はNがこの問題に非常に関心を持っていると思って、Nさえ見ればその話をする。Nはまたあの退屈な投票の話だなと思った。

「そんなにおいそれと自分らの思い通りに進むはずがないとは思っていたけど、それでもこんなに早く勝負がつくとは誰が想像できたでしょうね？」

Nは、ついに投票で教師たちが勝ったのかと聞いた。

「え？　投票は先週、終わったじゃないですか？　投票なさらなかったんですね」

Nは知らなくてできなかったと言い訳したが、なぜ自分が言い訳しなくてはならないのかわからなかった。

「何でこっちが負けるんだと思ったら、N先生が投票なさらなかったからですかね？　ハハハ」

Nは呆れてしまったが、理由のわからない興奮状態に陥った学年主任はNが自分の味方であることを露ほども疑わず、最近の状況を説明しはじめた。

「私たちは事態をあまりに安易に見ていたんですよ」

一方であいつらは全校を忙しく奔走し、ふたを開けてみれば全然投票権のない人までみんな味方につけており、その人たちまで選挙に参加させようと無理な主張をしたのだと学年主任は言った。

「投票権がない人たちというと……誰ですか？」

「いっぱいいますよ。例えば放課後活動のコーディネーターとか指導員とか、短期司書、発明実務士、スポーツ講師。そういう人たちまで投票に参加させるなんて、ありえないでしょう」

Nは、この新たな線引きはいったい何だろうと思った。それは正規・非正規の境界でさえなく、非正規の中に追加で引かれたラインだった。事務室の非正規職や二か月間の期間制教員である自分には投票権を与え、その人たちは排除するのはなぜなのか、Nにはわからなかった。問題の身近さから考えたら、食堂が本館一階にできようが新しい建物にできようが、その完成を見ることもない自分こそ投票権がなくてもいいはずだ。しかしNは何も聞きたくなかったし、知りたくもなかった。

「投票は彼らの圧勝に終わりました」と学年主任は苦々しそうに言った。「これはここだけの話ですけど、私が聞いたところでは、あの人たち、思ったより怖いんですよ。自分らの味方をしてくれって学校内を回っていたときに、どんなこと言ってたと思います？　私たちのことを流れ者って言ったんだそうですよ。我々教師だけじゃなく、校長先生や副校長先生や事務室長まで、正規職の人はみんないつかは辞令が出てよそへ行く人たちだと。でも自分らは無期契約だから、この学校に無期限に残る人間だと。つまり、私たちは流れ者で自分らの方が主人だってね。だから本館にも自分らがいるべきだと」

Nは笑いがこみ上げてきた。そこまで事態を正確に把握している彼らは、尊敬に値する。

「ところが」と学年主任がにっこり微笑を浮かべた。「それが全部水の泡になるとはね」

「どうしてですか？」

Nはこんどは本当に知りたくて尋ねた。

「校長先生が建物の完成のために追加予算を申請したら、教育庁で拒否されたんだそうです。学生数が急激な減少傾向にあるので、当分の間、施設の保全や補修はともかく増築は援助しないという通知が来たそうです。正義は雷のように訪れるという言葉があるでしょう。今回、私はそれを実感しましたよ。教育庁からの雷みたいな通知を前にして、何ができますか？　どんなに自分らが主人だと言い張ったところで、この学校の範囲を超えることには指一本触れられないのに」

感激に浸っている学年主任の顔の上に、突然の雷に打たれた栄養士の顔が重なって、Nは吹き出すところだった。しかしその瞬間にわかに、病床に寝ている母の拳ほどの顔が思い浮かんで、目の前がぼやけた。

「泣いてるんですか？　よくぞ教務室を死守したと！」

学年主任が叫んだ。Nは涙をこぼしながらトイレに駆け込んだ。こんなことが、こんなことがいったい何になるのか。

教務室に戻ってきたNの机の上に、校長室へ来るようにというメモが置いてあった。Nの契約期間はあと二週間残っていたが、契約延長の話が出るとすればまさにこのタイミングだった。契約終了を告げるのならこんなに早く切り出すはずがない。終了の一日か二日前に呼んで、もうこんなに日にちが迫っているとは思わなかった、残念でたまらない、お疲れさま、最後まで引き継ぎをよろしく頼むと一方的に通告する方を選ぶだろう。

校長はあれこれと話を並べた後でやっと、あ、とまるで思い出したように、ところで勤務期限は……と尋ねた。Nはあと二週間あると答えようとしてから思いとどまった。知っていて知らないふりをする校長の態度には虫酸(むしず)が走る。

「たぶん……二週間ぐらい残ってましたよね？」

「はい」

校長は、病気休暇を取った教師は体調がある程度回復したので、休職はしないことになったと言った。Nは黙っていた。回復したというのに残念ですと言うわけにもいかないし、二週間前に教えてくれてありがとうと言うわけにもいかない。

「で、その人の体調がですね」

Nは校長の顔を見た。校長は、その教師は予想より早く回復したものの完治とはいえず、曖昧な状態なので、病気休暇後すぐの復帰は難しいのだと言った。Nは校長の曖昧な話が理解できなかった。

「その先生がほんとに誠実な方で、これまで毎年一度も使わずにとっておいた年休が二十三日もあるっていうんです。で、復帰後に体をならしながら働くために、そのうち二十二日ぐらい使いたいとおっしゃるんです。年休は、一週間あたり何日とか一か月あたり何日とか、そんなふうに区切るんじゃなくて、勤務日あたり一日ずつ使うことになってるんですよ。一週間が月火水木金の五日じゃないですか？　すると、二十二日なら五×四＝二十、四週間と二日でちょうど一か月分になりますよね？」

Nは手に汗が吹き出すのを感じた。

「それで幸い、先生との契約をあと一か月延長できることになりました。もちろん、もっと延長できたらいいですが、でも一か月とはいえ延長してもらえるのは、私としては本当にありがたいことだと思っているんですが、どうですか？」

「なぜ二十三日全部お使いにならないんですか？」

「え？　それはどういう……」

「そうすれば冬休みまで一日も出てこなくてもいいのに、計算を間違えていらっしゃるのか、一日だけでも出勤されるつもりなのかがわからなくて」

「あ、冬休み、そういう日程になってます？」

Nはしばし沈黙し、来週まで考えてみてから決めると言った。ああ、そうなさいと校長は快く答えた。

教務室に戻るとき、Nは口をぎゅっと閉じていようとしたが、しきりに笑いがこみ上げてきた。来週、校長に、契約を延長しないと言うつもりだった。そのときはもう教員採用試験が迫っているので、一か月の期間制教師はもちろん、担当科目の講師を探すことさえ難しいだろう。やられたらわかる、とNは廊下を歩きながらつぶやいた。それが誰に向けられた言葉なのかわからなかったが、ただ、やられたらわかる、あいつらも一度やられたらわかるんだ、そんな冷たい言葉が微笑を浮かべたNの口元にずっと残っていた。ちょっと前にNが泣きながら走った廊下だった。

6

日曜日の病室はいつもよりざわざわしていた。前の看病人は九階に戻り、新しい看病人が来た。Nは新しい看病人に、母はいつお風呂に入ったか、リハビリはいつ受けたか聞いた。入浴は朝したし、リハビリは午後に受ける予定だという返事が返ってきた。

母は目を開けていたが、だからといって目覚めている状態ではなかった。母はだんだん、眠っているときと起きているときの境目が曖昧になっていた。むしろNの顔がわかって泣いていたときの方がましだった。もう泣きもせず、視線は焦点が合わず、どこを見ているのかもわからなかった。

廊下がうるさくなり、食べものの匂いが漂ってきて、患者たちの昼食が運ばれてきた。各病室でつけっぱなしのテレビの音の合間を縫って、カタカタという食器の音や、ぴちゃぴちゃと食べる音が聞こえてきた。以前の母は食べものの匂いがすると鼻をくんくんうごめかしたり、口を二、三回軽く動かしたりしたが、今は何の反応も見せない。新しい看病人が向かいのベッドの老人にごはんを食べさせてやっていた。以前はNも、看病人があんなふうに老人にごはんを食べさせるのを見て感動し、まぶたが熱くなったことが一度や二度ではなかった。病院のトレイもステンレスではない。母はあのトレイでごはんを食べることはなかったので、環境ホルモンが出ようと出まいと関係ないし、調理員が椎間板ヘルニアになったり肩がはずれたりすることはないだろうとNは思った。

栄養液の点滴しか受けていないせいで、母の体重は少しずつ減っていた。生涯、貧しさから何かを絞り取るようにして生きてきた習い性で、今や絞れるものはこれしかないというように、自分の体を絞りつくそうとしているかのようだった。こうして徐々に小さくなり、軽くなって、ゼロに収斂（しゅうれん）していく体をNは想像してみた。すると急に、その人の体調がですね、という校長の言葉が思い出されて頭がじーんとするほど腹が立ち、その場にすっくと立ち上がった。

Nは建物の前のベンチに座っていた。明日、出勤したら、契約は延長しないと校長に言うつもりだった。こんな汚ない、悪質な、細切れの契約延長という手口……というところまで考えてそこでやめた。そんなことを言う必要はない。きれいさっぱり辞めればいい。

だが、辞めないでおくこともできると考えた。Nは一か月分の給料と、その金でもちこたえられる時間を計算してみた。自分が契約延長を断ったからといって、校長が混乱に陥ったり痛手をこうむるわけではない。たとえ気分を害し、煩わしい思いをしたとしても、講師を公募すればそれまでだし、志願者がいようといまいと学校は動いていくはずだ。年配教師の言う通り、だましだまし一か月頑張れば月給が出るのに、誰によかれと思って放り出すというのか。利害打算は単純であるべきだ。Nは前にいた不届きな看病人のことを思い出した。雑用係は雑用係らしく、雑であるべきだ。

Nはしばらく、前二年生の担任の誰かの妻の母親が亡くなったために香典を出したことも思い出した。母が五日以内に死なない限り、この学校で香典をもらうことはないだろうが、だが一か月延長すればどうかわからない。こんなことを考えても罪悪感は生じなかった。もう母はいないとNは思った。ずっと前、それがいつなのか誰も知らないあるときに母は人生を手放してしまい、そこに残っているのはときどきう、う、と泣き、痰のためにぜえぜえ喘ぎ、片側は木切れのように固く、もう片側は棘のようにやせて、動くこともできず、突然痙攣を起こすだけの、おむつをした生命体だけだ。

ひょっとしたらこの生物は母ではなく、自分なのかもしれなかった。活気もなく自由もなく、すっかり縮こまり、期限のない無期の死を生きている自分の姿が、Nの頭の中に鳥肌が立つほど鮮明に浮かんだ。Nはぺっと吐き出すように、一瞬だ、と言った。その言葉は自分の意思と関係なく飛び出してきたかに思われた。それがどういう意味なのかわからないのに、ただその言葉が気に入って気に入ってたまらないというように、何もかも一瞬だ、一瞬で終わるんだ一瞬で、とNは呪文のようにつぶやいた。胸の一方では残酷な心が火のように燃え、もう一方には恐怖心が石のように沈んでいる。一瞬で終わる……

すべてを攫っていくような嵐の時間が過ぎた後、Nは誰かに許しを乞うように空中を見上げた。晩秋の午後の陽射しが銀の糸のように降り注いでいた。捨てられないものがあると、Nは泣きながら思った。ずっと前にも母とどこか、こんな陽射しが降り注ぐベンチのようなところに座っていたことを思い出した。なぜかわからないがNはそのときも泣いていた。母はNをなだめてくれず、ただ放っておいた。しばらくして母は、こんないい日に、と言って振り向き、かさこそと音を立てて何かを口にくわえた。母の背中を見、母が吸っているタバコの匂いをかぎながら、Nはしだいに泣き止んでいった。あのときの母も、今のNとまったく同じことを考えていたのだろう。捨てられないものがあると。広い天地のどこを見てもNには自分しかおらず、自分にはNしかいないと。

友達

誰が見てもヘオクの毎日には喜びというものがありそうになかった。喜びどころか、初夏になって暑くなりはじめたら、荷物を持ってあちこち移動しなくてはならない彼女にとっては苦労が増すばかりだろう。彼女は朝早くから夕方まで女性用品販売の仕事をしていた。衣類、機能性下着、装身具、化粧道具などを大小さまざまな店に配達したり、販売したりするのだ。いろいろな香水も売っていたが、彼女の頭皮や脇からは、午後の間じゅうずっと汗の匂いがした。夕方からは大型飲食店で肉を焼いていた。高価な韓国産牛肉の特殊な部位を焼くときは神経が逆立つ。夜になると彼女の服と髪の毛から、汗よりもきつい炭と肉の匂いがした。

だが彼女には、誰も知らない喜びがあった。毎日、早朝に目を覚ますたび、彼女はあの方に感謝の祈りを捧げることを忘れたためしがなかった。今日も目覚まし時計の音で目覚めた彼女は、重い体を起こすとまずお祈りをした。彼女はとても太っていたが、いつから何のために、こんなに恐ろしいほど肉がついたのかわからなかった。人よりいっぱい食べたわけでもないし、人より体を動かしてないわけでもないのに。

お祈りを終えた彼女は、眠っているミンスのまん丸い後ろ頭と、同年代の子より小柄なその体を見おろした。彼女の二つめの喜び、かわいい宝物だ。今日は午後の仕事を休み、ヨンナンの店に寄ってからミンスの学校に行く日だった。何日か前にミンスの担任が電話してきて、相談があると言ったのだ。声のきれいな、親切な方だった。ミンスは中学校に入学して以来ぐんと明るくなった。担任の先生はいい人だと言っていたし、友達もたくさんできたようで、彼女が名前を覚えきれないほど大勢の友達の話をしていた。

　彼女はミンスを起こさないように気をつけて台所へ行き、朝ごはんのしたくをした。ごはんの上に目玉焼きをのせ、刻み海苔としょうゆと砂糖をかけて混ぜて食べるのだ。ミンスの分も同じようにこしらえておく。簡単で消化もよく、彼ら母子がほぼ毎日食べている朝食メニューだ。ミンスがお昼は学校給食を食べているので、彼女は安心している。お金は一文も出さずに、栄養士が作ったおいしくて衛生的な食べものを食べられるのは何てありがたいことか。

　彼女は狭い浴室で、肥えた体をぶつけないように注意しながらシャワーを浴びた。太っているのでせっけんの減りも早い。太っても歯の大きさはそのままだから、歯磨き粉の減り方は激しくなくて助かる。念入りに化粧をし、大事にしている青いワンピースを着て靴下をはき、ストラップつきのサンダルをはいた。ばかでかいボストンバッグを肩にかつぎ、ヨンナンにもらった、海外通販で買ったというかわいらしいピンクの日傘を持った。

　ヘオクは物流センターに寄って、加山洞(カサン)と始興洞(シフン)の店に届ける品物を受け取り、配達した。二時ごろ仕事を終え、龍山(ヨンサン)で服とアクセサリーを売っているヨンナンの店に行った。彼らは高校の同級生で、卒業後は全然会う機会がなかったが、二年前に偶然再会してから親しくつきあっている。彼女が今、物流センターで商品を受け取って売る仕事をするようになったのも、ヨンナンの紹介のおかげだった。ヨンナンは顔が広く、要領がよく、いろいろと彼女を助けてくれた。

彼女がお昼を食べていないことを知ったヨンナンが、定食のおいしい店に遅い昼ごはんの出前を頼んでくれた。魚の煮つけとおかずが二、三品、そして味噌汁が運ばれてきた。暑くて口の中が乾いているせいかそれほどおいしいとは思えなかったけれど、彼女は一生けんめい食べた。彼女が箸を置くと、何でこんなにちょっとしか食べないのかとヨンナンが聞いた。いっぱい食べたよと答えると、ヨンナンは深刻そうな顔をした。

こんなに少食でも水太りにはなるんだもんね、やっぱりうちのおばさんの言う通りだわ！　ヨンナンのおばさんは有名健康食品会社のマネージャーなのだが、そこで出しているダイエット食品の中に、むくみにすぐ効くものがあるのだという。三か月だけ飲めばむくみがさっと取れるんだって、おばさんってありがたいものよねと言ってヨンナンは、特別割引価格で買えるというダイエット食品三か月分が入った箱を持ってきた。彼女は、特別割引だというその値段を聞いてびっくり仰天した。割引がなければその倍の値段だという。もっと驚いてもよさそうだったが、あんまりすごすぎてかえって無感動になってしまった。

彼女がそんな余裕は全然ないと言うと、ヨンナンがこんどは、友達ってありがたいものよねと言い、自分が特別価格の半分を出してやるからあんたは半分だけ出しなさいと言うのだった。彼女がまだためらっていると、ヨンナンがパンパンと手をたたいて言った。いいよ、わかった、じゃあお金のことは考えないで、とりあえず持ってってまずはやせるだけやせてみな、そしたらどうなると思う？　何がどうなるのか彼女にはわからない。まわりの人が大騒ぎするよ、何を飲んでそんなにやせたんだって。あんたが回ってるお店っていくつあるの？　そこの女の人たちに一箱ずつ売れるとしてごらん。私がおばさんに話しておくから、あんたが一箱売るたびに五パーセント、いや十パーセントあげてって言っとくから。そしたら、五箱売るだけでもあんたが飲む一箱分は元が取れるよ。

そんなことだろうと思った。十箱売ったら、二十箱売ったら……やっぱりヨンナンは事業家としての手腕が人並みはずれている。別れるときもヨンナンは、あんたってばさ、何も心配しないでこれ飲んで、一生けんめいやせてきれいになりさえすればいいのよと叫んだ。彼女はわかったと言った。本当にそれだけでいいのなら、それ以上望みはない。

暑い日だった。ヘオクが右の肩にかけたばかでかいボストンバッグには、加山洞と始興洞の店からもう売れないと返品された色とりどりのブラとショーツ、Tシャツやパンツ、金属バックルのついたベルトの束がぎっしり入っている。左手にはダイエット食品三か月分が入った紙箱を、右手には紙袋と日傘を持っていた。

紙袋には普通の女性が二人ぐらい入りそうなワンピース、ジャケット、パンツなどが入っていたが、ヨンナンは彼女が来るたびに、大きすぎて売れない服などを紙袋に入れてくれるのだ。特に、白い地にシルバーの花柄のワンピースやフェイクレザーのチャコールグレーのパンツなどは、どこに行っても手に入らない特大サイズだった。ありがたいことこの上ないが、今の今困るのは、雨のように汗が出ているのに手がふさがっていて拭けないことだ。

地下鉄の駅の階段を降りていくとき、彼女は右手と左手を交互に見て、何か変だよねと思った。左手に持ったダイエット食品を飲んでやせれば右手の服は必要ないのだし、その服を着るなら、ダイエット食品に効果があっては困る。だからといって今どちらか一方に決定することもできないのだから、どちらかを捨てるわけにもいかない。

　彼女は思わず顔をしかめた。サンダルのバックストラップが、ふかし芋なみに太い右のかかとを刺激して、歩くたび火傷のようにひりひり痛むのだ。おしゃべりしていて、うっかりヨンナンの店に靴下を脱いできてしまったせいだ。彼女は辛い労役に苦しむ哀れな巨人のように荷物の山をぶら下げて、軽く足を引きずりながらホームに入っていった。

　電光掲示板の表示は「こんどの列車：舎堂（サダン）行き　次の列車：烏耳島（オイド）行き」となっていた。彼女が乗るのは烏耳島行きだ。バックストラップが触れていないのにまだかかとが痛いところを見ると、もう皮膚がすりむけてしまったらしい。太ってるからって皮膚が何十倍も厚いわけじゃないしね、と彼女は苦笑しながら考えた。ボストンバッグの前ポケットにばんそうこうがいくつか入っていたはずだが、ホームのベンチに空席はない。

　彼女がどこかに荷物をおろしてかかとを確認してみようかと迷っているとき、椅子に座って電話で話していた青年が、ちょうど乗り換えの列車がホームに到着したらしく、さっと自然に立ち上がった。あの方だ！　彼女の心の中から、喜びに満ちた叫びがほとばしり出た。あのかっこいい青年こそまさに、あの方が遣わされた使者なんだ！

　青年が立ち上がった席は、彼女が二、三歩踏み出して体を半回転させれば座れる、それこそ転んだら鼻が触れるぐらいの位置だった。周囲には人がかなり大勢いたが、あの方が彼らの目を遮ってくださったのか、誰も席が空いたことに気づいていない。そして何より、その横に座った灰色のベレー帽をかぶった老人が、仲間の分も席を押さえておいた人みたいに彼女を見上げ、早く来て座りなさいと勧めるような微笑を浮かべていた。

疑いの余地はない。あの方が、この席の主は彼女だとお決めになったのだ。彼女はすぐにそちらへ足を踏み出し、椅子に斜め向きにお尻を引っかけた。紙箱と紙袋を床におろし、たたんだ日傘を紙袋の角に挿した。そして、ミンスが赤ん坊だったころにおんぶして移動中どこかに座る際、いつでもすぐに立ち上がれるようにおんぶひもをちょっとゆるめていた習慣通り、ボストンバッグの肩ひもをちょっと伸ばしてバッグが椅子につくぐらいにした。やっと両手が自由になり、肩も荷物の重さから解放された。彼女はボストンバッグの前ポケットからばんそうこうを取り出してかかとに貼り、サンダルのバックストラップをその上に戻してから、ハンカチでぎゅっと押さえて汗を拭いた。

余裕を取り戻した彼女が何気なく見上げた電光掲示板には、「烏耳島行き列車が隣の駅を出発しました」という文字が光っていた。見間違ったのかと思って彼女は目をぱちくりさせた。ばんそうこうを貼っているうちに、舎堂行きの列車が到着して行ってしまったのに気づかなかったのか。だが彼女の隣には、灰色のベレー帽をかぶった老人が身動きもしないで座っており、席を譲ってくれた青年も、飲みものの自動販売機の横でまだ電話をしている。列車の到着順以外には何も変わったことはない。

ピリリリリン。

列車の到着を知らせる信号音が鳴り、すぐに、龍の頭の形をした烏耳島行きの列車の先頭車両が、暗いトンネルの中から光を放って走ってくるのが見えた。ほら！　あれこそまさにあの方が遣わされた列車だ！　彼女はゆるめておいたボストンバッグの肩ひもをぴんと引き締め、紙袋の持ち手を握った。連なった車両の側面が同じ模様のトランプの札のようにずらりと揃うのを見ながら、彼女はベンチから立ち上がった。今日もあの方の恩恵は果てしないのだ！　ミンスの学校ではなく天国へ向かう汽車に乗るような敬虔な喜びが、胸の底から湧き上がってきた。

ヘオクは会議室のソファに座り、担任が出してくれた冷たい緑茶を飲んだ。担任はショートカットですらりとした中年女性だった。担任は書類を何種類か持ってきて向かいに座ると、ミンスは優しくてまじめで成績も中の上だと言った。電話で話したときに感じた通り、きれいで優しい先生だなと思っていると、担任が突然申し訳ありませんと頭を下げたので彼女はびっくりした。ミンスが何も言わなかったので気づかなくて、と担任は言う。ミンスが何を言わなかったっていうんだろう。

担任は諄々（じゅんじゅん）と説明していったが、聞けば聞くほど彼女には理解できなかった。ミンスが殴られたというのだった。うちのミンスが殴られた？　そんなはずはない。彼女はミンスを一度もぶったことがない。ミンスは殴られるようなことをしない子だ。それに、大人が子供を殴るのは大変な罪ではないか。いや、大人ではなく子供たちが殴ったというのだ。うちのクラスの子も殴ったし、と言って担任が唇を噛み、憤りの表情を浮かべた。うちのクラスの子も殴ったし他のクラスの子も殴った、やった子の数はとても多くて、これが全部加害生徒からの聞き取りなんですと担任は紙束を手にしてそう言った。担任が言った名前のうち、クンジェ、ヨンファ、ソンジュンなどは彼女にも聞き覚えがあった。その名前を聞くとちょっと気持ちが鎮（しず）まった。それはミンスの友達じゃないか。

友達ですって？　担任は明らかにあわてたように見えた。お母さんまでミンスとおんなじことを……担任は手をこすりながらぼんやりとどこかを見ていたが、急に顔をそむけると、じゃあ、ミンスはもうお母さんに全部お話ししたんですかと尋ねた。彼女はミンスから聞いていた。クンジェ、ヨンファ、ソンジュンという友達の名前を。他にも聞いたがよく覚えていない。その子たちにやられたという話は聞いていない。担任はじっと考え込んでいるような表情だった。沈黙が流れた。寂寞（せきばく）を破って廊下を通る足音が聞こえた。

しばらくして担任が、ミンスは小学校のとき転校が多かったと聞いていますが、そうなんですかと尋ねた。それは当たっている。彼女は仁川（インチョン）へ、龍仁（ヨンイン）へ、議政府（ウイジョンブ）へと職を求めて転々とし、ミンスを預かって世話してくれる人はいなかったので、連れ歩いては転校させてきたが、それに何か問題でも……。小学校のときもミンスは友達の話をしていたかと担任が尋ねた。彼女は記憶をたどってみた。小学校のときは、友達の話も、友達の名前も聞いた覚えがない。中学校に入って友達がたくさんできたというんだから、どれほどありがたいことか。

担任がミンスを呼びに行っている間、ヘオクは緑茶のティーバッグだけが残った湿った紙コップをいじりながら、窓の外を眺めていた。向かいの建物の赤紫色の壁の上を、みずみずしい緑のツタが這って伸びているのが見えた。ツタの形は右腕を上げて立った人の後ろ姿にそっくりで、しかも上げている右手の先が四つに分かれているので、こっちへ来る友達を見て嬉しくてパッと手のひらを広げたところみたいに見える。あの方の啓示だろうかと彼女は思った。

担任について会議室に入ってきたミンスは家で見るよりずっと小さくて、彼女は胸が締めつけられた。幸い、表情は暗くない。ミンスあのね、と担任が呼ぶと、はいとミンスが答える。みんなが殴ったとき、痛くなかった？　ミンスは黙って首を横に振った。みんなに聞いたら、クンジェはミンスの胸を足で蹴ったし、ヨンファはボールペンで背中を何度も刺して、七組のソンジュンは休み時間のたびに来て殴っていったって……。担任の話を聞いて彼女は息が苦しくなってきた。そんなはずはない。誰が何の理由でミンスにそんなひどいことをしたっていうのか。

それは、とミンスが口を開いた。彼女は息子の言葉にしっかりと耳を傾けた。僕たち、みんな、友達だから、友達どうしでいたずらしてたんです。彼女は安心して微笑んだが、担任はまだ固い表情で、それではミンスも友達に同じことをしたのかと聞いた。ぼ、僕は、してないです。どうして？　ミンスは口をひくひくさせたが、何も言わなかった。

ミンスが他の子に何もしてないのに、他の子はミンスにどうしてそんなことをしたんだろう。なぜ、そんなことをしてもいいと思ったんだろう。彼女はまた胸が苦しくなってきた。ミンスを追及している担任が恨めしかった。ミンスは頭がいいんだからよく考えてごらん。いたずらと暴力は違うんだよ。友達が悪い言葉で嫌なことを言ったり、殴ったり、痛いことをしたら、嫌だって言わなくちゃいけないのよ。友達だからいいと思って見逃したら、その友達に対してもよくないんだよ、あなたにだけよくないんじゃなくて。はい、とミンスが返事した。

担任は体を後ろに引いて静かにため息をつくと、友達に罰を与えない方がいいかと聞いた。ミンスはうなずいた。担任がこんどは彼女に向かって、この加害生徒たちの、と紙束を持ち上げてみせてから下に置き、処罰を本当に望みませんかと尋ねた。友達ですからねという彼女の言葉に、それはつまり処罰を希望しないという意味かと重ねて尋ねた。そうです、そうですと彼女は答えた。

担任は加害生徒に謝罪文を提出させて彼女に送りますと言った。そんな必要はないと彼女が答えると、その必要があろうとなかろうとそれが所定の手続きなんだと言う。その謝罪文をミンスとお母さんとでよく読んで、許すという、つまり処罰は希望しないというお返事を私にいただければ、この事件は終結です。学校暴力対策自治委員会も開かれませんし、処罰も行われず、加害生徒は誰も転校せず、担任判断による終結事案となります。そのように処理することをご希望ということでよろしいですか？

彼女は難しい用語が聞き取れず、まあ、友達との間のことですしね、とつぶやくだけだった。はい、お母さん、友達との間のことですから、担任判断による終結事案として進行しますねと担任が静かに言う。だが、この程度のことで友達どうし謝ったり謝られたりっていうのも、と彼女が続けると、担任は腹立たしげな冷たい口ぶりで、お母さんとミンスが謝罪を受け入れなければ加害生徒は処罰され、加害者被害者分離の原則によって強制転校措置となりますと言うのだった。彼女はミンスを見、ミンスはちらちらと担任の顔色を伺っている。彼女が、それでは謝罪を受けさえすればいいのかと聞くと、違います、受けさえすればいいっていうのとは違います、「謝罪を受け入れて許します、処罰と転校を希望しません」という答弁をしなくてはならないんですよと担任の声が上ずった。ミンスがびくっとした。

それではもうお帰りになっていいですよ。そう言って担任が立ち上がった。先生、ちょっと！彼女の言葉に担任は目を大きく見開いた。はい、お母さん、どうなさいました？　考えが変わられましたか？　彼女は、そうじゃなくて、と言いながらそそくさとソファから立ち上がり、荷物を集めておいたところへ駆け寄ってボストンバッグを開けた。彼女はそれなりにこの分野の専門家なのだから、担任に直接聞く必要もなかった。パッと見れば見当がつく。彼女は、値段もかなりするし、色も派手すぎない九〇のBカップのブラとショーツのセットを選び、担任の前へうやうやしく差し出した。うちのミンスをよろしくお願いしますね、先生。

学校を出るや否やヘオクは立ち止まって荷物をおろし、ちょっとお母さんの方を見てごらんとミンスに言った。下を向いて息子と目を合わせた。みんなが殴ったとき、と言いかけて言葉を変え、友達がいたずらしたときほんとに痛くなかったかと尋ねた。痛いときもあったし、あんまり痛くないときもあったしと息子が言う。彼女は息子の目の中に何かを見つけたかったが、沁み入るほどにいとおしく光る小さな瞳以外には何も発見できなかった。彼女は息子に、それでいいよ、お母さんも同じ意見だ、友達の謝罪文を受け取って、許してあげることにしようと言った。ミンスはうなずいた。

歩きながら、お母さん、一つ持ってあげようかとミンスが手を差し出した。ああ、ありがと。彼女はミンスにどの荷物を渡すか考えた。彼女が左右に振り分けて持った荷物のように、世の中は奇妙にちぐはぐだった。ありがたい友達もいれば、いじめる友達もいる。足で胸を蹴り、背中をボールペンで刺し、休み時間のたびに来ては殴っていく友達……ああ、もう考えないことにしよう。すべてはあの方が判断なさるのだ。彼女は服が入った紙袋をミンスに渡し、空いた手でミンスと手をつないだ。小さな、あたたかい手だった。

お母さん、僕たち、どっちかが先に手が痛くなったら手をつなぎ変えようねとミンスが言った。そうだね、痛くなったらつなぎ変えよう……と言わなくてはならないのに、悪い言葉で罵ったり殴ったり、痛いことをされたら嫌だと言わなくてはいけないのに、いたずらと暴力は違うのに……終結、終結という担任の言葉が彼女の頭から離れなかった。ああ、こんなこと考えるのはやめよう。あの方だけがすべてを終結させることができる。彼女は何が何でも他のことを考えようとして眉をしかめた。家に帰るまで、ミンスと何度手をつなぎ変えるだろうか。五回、七回、十回？　私は三か月でどれだけやせられるだろうか。十キロ、二十キロ、三十キロ？　これらすべてのこともあの方だけがご存じだ、私の喜びであるあの方だけが……必死でそんな思いにすがっていたために、へオクは息子が何やらもごもごつぶやく声を聞き取ることができなかった。

あの子達が転校になったら……かわいそうだ……かわいそうだから、だめだ……転校ってほんとに辛いんだから……

松湫（ソンチュ）の秋

何だおまえ、家に寄って朝飯食ってけと言ったのに、食いもせんで。上の兄にそう言われて、腹が減ってなかったからだと彼は答えた。減っても減らんでも、時間が来たら食うのが飯ってもんだ。今日は何時に終わるかわからないんだぞ。腹が減ったらおまえが損するだけだ。

彼は黙って携帯電話を取り出し、時間を確認した。ちょうど午前九時を過ぎたところだ。草の上におりた朝露が乾いていく。父の墓の後ろの丘は草がまあまあ盛んに茂っているが、土まんじゅうの前側は、禿げ頭みたいに黄色い枯れ草がぽつぽつ生えているだけだ。彼が何を見ているのか気づいた上の兄は、おい、あれを見てみろと言った。彼が相槌を打たずにいると上の兄は、なあ、その芝をちょっと見てみろ、親孝行ってのは誰にでもできるもんじゃないんだぞと言うのだった。

その昔な、芝孝行ってのがあったというじゃないか？　真っ暗な夜に他人の墓に行っちゃあ、絹みてえにきれいな緑の芝生をはがしてきて、夜じゅうかけて自分の親の墓に移したっていうんだぞ。

彼は姉からの電話ですでに、この芝孝行の話を聞いてはいたが、じかに聞くとなるとなおさら呆れてしまった。それは泥棒だろう、何が親孝行なものか。じゃあ、その他人の親の墓はどうなるんだと聞くと上の兄はからから笑い、そりゃあ、そいつも親孝行な人間なら人の墓に行ってこっそり芝をはいできて植えるだろうと言った。彼は呆れて、墓からすっかり目をそらしてしまった。

広い霊園に丸い墓が果てしなく列をなしていた。墓の列が途切れる境界には雑草と灌木が茂っており、その合間に小さな秋の花が咲いているのが見えた。霊園の管理所から誰かがのそのそと出てきて、しばらく彼らの方を見上げていてから戻っていった。

小さい兄貴はいつ来るんだろ。

彼の独り言を聞きつけて、上の兄がうんざりしたように答えた。

もう着いてて、作業員を迎えに行ってるだろうが。

だから、その作業員たちを乗せていつごろ来るのかという意味で言ったのに、おまえは何もわかってないと決めつけるような、いきなりの逆上ぶりだ。実際、上の兄の突発的な行動には、彼や他のきょうだいの方が先に逆上しても当然だっただろうが、上の兄はひょっとしたらそのせいでまず自分からかんしゃくを起こしてみせるのかもしれないと彼は思った。それについては誰も自分より先にごたごた言うなよという先制攻撃として。長男の武器はいつだって盗人猛々しさなんだよなと、彼は思った。姉さんもまた何で来てないんだと尋ねようとしてやめたが、それに目ざとく気づいた上の兄が言った。

「ソニのやつは何でまた、来ないんだ?」

ですね、と言ってから、昨日姉が電話してきて早く来るよう念を押していたことを彼が話すと、上の兄は、そうだ、ソニはそういうやつなんだと言った。

わあわあ騒いで人をつっつくことばかり得意だが、いざ仕事となると、そこにはいないんだ。

それは違うと言いかけて、彼はまた言葉を飲み込んでしまった。

ソニのやつ、見てりゃ、向こうの家の葬祭関係じゃそんなことねえんだぞ。実家のこととなると決まって、すっきりせんことを言う。

彼はがまんできず、姉さんはそんな人じゃないですよと言った。

おまえに何がわかる？　ソニのやつ、前からうちに押しかけてきちゃ、お母さんと何だかぼそぼそ話し込んで尽くすふりをするもんだから、みんな孝行娘だと思ってるだろ？　それどこじゃねえ、あれの本音はわかってんだ。兄嫁に勝てねえんで、いらついてんだ。ソニのやつ、人を、ものも言えんほど気詰まりにさせる。お母さんもさぞかし、ソニが来るのが嬉しくないだろう。

彼がポケットからタバコの箱を取り出すと、上の兄が、やめておけと手で制した。

ここにタバコ吸える場所があると思ってんのか？　山火事注意期間だから、どこも全部禁煙だ。来るとき、見なかったか？　墓地全体が禁煙区域指定になってるのを？

遠くまで行って吸えばいいじゃないですか？

遠くだと？　作業員がいつ来るかもわからんのに、それじゃ俺一人でここにいろってことか？

小さい兄さんが一緒に来るじゃないかと口答えしかけてから、彼はタバコの箱をポケットに戻した。振り向くと、管理所の前を通り過ぎ、よろよろと墓域の方へ上ってくる姉の姿が小さく見えた。その後ろに、駐車場の方へ行く下の兄の車も見えた。

兄さん、あそこ、姉さんが来ますよ。小さい兄貴と一緒に作業員を迎えに行ってたみたいだ。

彼は手を上げて指差し、大声でそう言ったが、上の兄はそ知らぬ顔で手のひらで墓を撫でていた。

作業員は二人だった。二人とも白髪混じりのずんぐりした中年だった。えっ、三人と言ってたのになぜ二人なんだと上の兄が詰め寄った。下の兄の代わりに一人の作業員が受けて、二人いれば十分だ、息の合わない者が下手についてきたって面倒なだけだと答えた。上の兄はそれ以上は何も言わなかった。

簡単な追悼式が終わると、作業員が上衣の裾をズボンに入れてスコップを持った。手慣れたスコップ使いで貧弱な芝と乾いた土がぐんぐん掘り返され、赤土が現れる。四人きょうだいは墓地を四角く取り囲み、墓が掘り返されていくのを見守った。スコップが土に食い込む音は神経を逆撫でするが、同時になぜか軽快に聞こえる。墓のまわりに土が積み上がっていくにつれ、彼らは墓から遠ざかった。スコップの先が固いものにぶつかる音が聞こえ、間もなく、状態がいいですねと作業員の一人が彼らに向かって叫んだ。いい棺を使ったんだろう、棺は昔のがよかったな、ともう一人が相槌を打った。

父が亡くなったとき彼は七歳だった。みんな余裕がなくて末っ子の彼にまで気が回らず、霊柩車に乗せてやらなかったので、彼は埋葬地である松湫（ソンチュ）にも行っていない。部屋のすみっこで昼寝をしていて、起きたら誰もいなかった。墓を掘るところを見ていないので、父の墓の中を見るのはこれが初めてだったが、彼は棺が出てきた後は顔をそむけて見なかった。それ以上見ていられない。しばらくコツコツという音がして、作業員たちが、それじゃお連れしますねと言った。掘り返された土を踏み、上半身をかがめて中をのぞき込むと、開けられた棺の中に遺体を覆った黒っぽい布が見えた。彼はすぐに顔をそらしたが、陽射しを反射したスコップが目の端できらっと明滅した。作業員たちが、遺体の状態もこれなら上々だとねぎらいの言葉を述べ、大きな骨から順に箱に収めている間、彼はちょっと離れたところで自分のシャツの前のボタンだけを見ながら立っていた。うっすらと、腐った匂いがした。船酔いしたようにむかむかしてきて、ひたすらタバコが欲しかった。

初めは、れんがにくっついているこれらはいったい何なんだろうと思った。火葬場の建物の外壁に、大きな黄色の蛾が群をなして止まっていたのだ。瞳の形の模様がはっきりした蛾もいれば、もうやせて茶色に変色した蛾もいる。地面には、落っこちて死にかけている蛾が落ち葉のように溜まっていたが、中の一羽が急に思い出したように羽ばたくこともあった。蛾って、こんなふうにして死ぬものなのかと思いながら彼がタバコを取り出したとき、下の兄が角を曲がって彼に近づいてきた。

ヒョギ、おまえ、朝も食ってないらしいが大丈夫か？

彼は大丈夫だと答えた。

でもなあ、家に寄ってお母さんに会ってから来ればよかったのに？

彼は素直に、帰りに寄って会っていくと答えた。下の兄はタバコを取り出しながら、ぜひそうするようにと言った。彼はライターをつけて下の兄のタバコに火をつけてやり、後ろを向いて自分のにも火をつけた。深々と吸い込んだ煙を吐き出すと、頭の中がくらくらっとして気分がよくなった。

俺は理解できんよ、ほんとに。

下の兄の言葉に彼はうなずいた。

どうなんだおまえは、元気なのか？

彼は元気だと答えた。

お母さんがずいぶん心配してるぞ。だって、まともな職場を辞めたとあってはなあ。

彼は何も言えなかった。理解できないというのが、上の兄が今やっていることではなく、自分の失業への意見だったのかと思うと気分がよくはなかった。

俺が初めて自動車整備の仕事を始めたとき、お母さんがほんとに喜んだんだ。それがだなあ、どうしてだったか、わかるか？

彼はいたたまれなくなってきた。下の兄はいつもこんなふうに話をだらだら引っ張るのだ。

俺が稼ぐとなったら、なあ、ヒョギ、お母さんとしちゃ、末っ子のおまえに勉強させるためだなと思って、それでなあ、喜んだんだよ。

で、勉強させてくれたっていうのかと聞こうとして彼はやめた。空きっ腹でタバコを吸ったせいか、胃が痛む。

離婚はまあ理解できるとしても、あんなに勉強してやっと入った職場を。

下の兄が目を細めてタバコの煙を吐き出しながら彼を見た。そろそろ返事をしろと言いたげな表情だったが、彼は黙っていた。

おまえもおまえだが、兄さんも理解できんね。何がしたいんだか。

下の兄は何か面白いことでも起きているみたいに微笑を浮かべてつけ加えた。

姉さんの言ってることも、俺としちゃ、ほんとにわけがわからん。

彼はもう下の兄の話を聞いていたくなかった。

おまえにも姉さんから、何度も電話が来たろ？

彼は不承不承はいと言いながらタバコをもみ消した。

おまえは電話にあんまり出ないから、そんなに何度でもなかったろうけど、俺んとこはそれこそ、夜うち朝がけだったぞ。義姉さんの悪口とか、兄さんへの恨みつらみとか。

下の兄は吸い殻をつまみ、消すかどうかためらった後、まあそれも大したことじゃないがと言いながら、最後にもう一度口に持っていって吸い、ため息のように煙を吐き出しながら言った。

仕事は全部俺に押しつけて。仕事はぜーんぶ俺の役回りだ。

火葬を終えたときは、一時をすっかり回って二時に近づいていた。運転はヒョギがしろと言いながら、骨箱を持った下の兄がドアを開けた。彼は下の兄のズボンのポケットから車のキーを出した。

昼は、途中でどっかうまい焼肉屋で食べようか。

上の兄がそう言うと、姉がパッと跳び上がった。

えーっ、お兄さん！　肉だなんて！　今、肉なんか食べる気になれますか？　麦飯とかナムルにトトリムック（どんぐりの粉を寒天で固めた食品）ぐらいを出す店でいいじゃないの。今日はみんな精進料理でしょうよ。

上の兄がドアを開けながら舌打ちをした。

ソニ、おまえは何だって自分のことしか考えないんだ？　ヒョギが朝からずっと腹すかしているのに、そのことは考えてもやらないのか？

大丈夫だと、食べられれば何でもいいと彼は言った。運転席には彼、助手席に上の兄、下の兄と姉が後部座席に座った。火葬場の駐車場から車を出しながら、どこに行きますかと尋ねると、どこって何だよ、また松湫（ソンチュ）に行くんだよという下の兄の返事が帰ってきた。火葬したら納骨堂に行くものだと思っていた彼は松湫の霊園に戻る理由が理解できなかったが、考えてみれば彼はそもそも、今日のスケジュールについてほとんど何も知らないのだった。誰も彼に教えてくれなかった。ただ行けと言われた通りに行きゃいいんだろうと思いながら、松湫方面へ進路を取った。

途中でいい店があったら言ってください。

誰も答えなかった。陽射しが強く、国道の両側には秋の日を浴びた田んぼが焼きたての食パンのような小麦色をして広がっていた。しばらくして、上の兄が叫んだ。

そこだ、ちょっとそこに停めろや、ヒョギ。

どこですか?

そこ。

前方にカルビという立て看板のある食堂が見えた。彼は車線を変えてスピードを落とした。上の兄が窓を開けて首を突き出し、店を見て言った。

いいぞ、ここなら豚カルビもやってる。

ここにしますか?

姉は黙っていた。

アメリカ産牛肉より国産の豚肉の方がずっといいだろ。ソニは冷麵でも食べればいい。

下の兄も黙っていた。彼はゆっくりとカルビ屋の駐車場に入って停車した。上の兄が降り、下の兄が骨箱を持って降りてから自分が座っていた座席にそれを置き、まさかこんなものを盗むやつもいないだろうさと言った。

私が番をしてるから、あんたたちは食べといで。

姉が言った。何でー、という声が彼と下の兄の口から同時に出た。

私、肉を焼くところ見るのも嫌だし、匂いをかぐのも嫌だ。

姉が目をつぶった。上の兄はもう食堂の建物に向かって歩き出している。彼の目には、短い影法師を従えて陽射しの降り注ぐ駐車場を横切っていく上の兄が、ひどく足を引きずっているように見えた。

姉さん、そう言わずにとりあえず降りようよ。こんなことして何になるんです？

下の兄の言葉に嫌々目を開けた姉は、食堂の方へ歩いていく上の兄の後ろ姿を見てため息をついた。

ああもう、こんなことってあるかい。

今日はさ、姉さん、今日はちょっとがまんしましょうや。

あー、わたしゃもう、ほんとに……

姉さん、始まる前ならいざ知らず、いったん始まった以上はね、最後までやらないと。

ほんとに、もう、あんたらに免じてだけど、と姉が重い体を動かした。

そうですよ姉さん、まあ降りてください、気をつけて。

下の兄が手を差し出し、姉の脇を支える身振りをした。

広々とした食堂のホールに客はおらず、片づいていないテーブルばかりが並んでいた。上の兄が窓ぎわの席に陽を背にして座り、その隣に下の兄が座った。彼が上の兄の向かいの窓ぎわに、姉がその隣に座りながら、あれー、斎場でもないのに、何でお膳に全部ビニールがかけてあるんだろうとぶつぶつ言った。なるほど言われてみれば、ビニールをかけた食卓が並んだホールは斎場に付設された会食の席みたいだった。火葬場の近くだからだろうと思われた。

肉とおかずが並べられ、炭火が入り、網が置かれた。下の兄がシャツの袖口のボタンをはずし、腕まくりして、大きめの肉をトングでつまんで網に乗せた。甘ったるいたれの匂いが漂ってくると、彼は急にひどい空腹感を感じた。

どうです兄さん、冷たいビールでも一本、クッといきますか？

下の兄の言葉に姉が眉をひそめたが、上の兄は喜びを隠せない様子だった。

お、そうだな、とりあえず一杯ずついくか。

ヒョギは運転しなきゃいけないのに、何で酒を？

姉がそう言うと下の兄が、ヒョギはちょっとがまんしなくちゃねと返し、大丈夫だから気にしないでと彼も言った。下の兄がビールを頼もうとすると、上の兄がマッコリはどうかと持ちかける。下の兄がビールとマッコリの両方を頼み、姉は体をもぞもぞさせて食卓の端へよけていった。

おい、おまえは何でまた角に座るんだ、縁起でもない。

上の兄が一言言ったが、姉は身動きもしなかった。酒が来て肉が焼けると活気が出てきた。

チョルはうまいな。よく焼けてる。

俺はよく肉を焼くのがうまいって言われるんだよ、兄貴。

ははは、そうなのか？　それはそうとここの豚カルビはなかなかだな、味つけも甘すぎないし、肉の質もいい。ヒョギは朝も抜いたんだからいっぱい食え。しっかり食わんと午後がもたないぞ。午前中よりは時間をとらないだろうけど、それでも日が暮れる前に終わるかどうか、嫁もご存じないとかいう、あれだよ、ははは。

彼ははいと言って、肉に味噌をつけて食べた。空腹のせいか、上の兄が言うように肉の質がいいのか、豚カルビはうまかった。飯と味噌汁も来た。

ソニ、おまえ何で冷麺頼まないんだ。

上の兄の言葉に、姉は聞こえないふりをして箸で茶碗の中の飯粒をつついた。

汁なしでも汁ありでも、食いたいのを頼んで食え。

姉が黙って箸を置き、横を向いて座ると、上の兄が舌打ちした。

ソニ、おまえを見てると、まるで父さんが今日の今日亡くなったみたいだな。今日か。今日亡くなったのか。


姉が立ち上がった。彼はちょうど肉と飯をサンチュに包んで口に入れていたので、それを飲み下すのに精一杯でものも言えないまま、外へ出ていく姉のずんぐりした後ろ姿を見やった。ソニのやつ、人をものも言えんほど気詰まりにさせるという上の兄の言葉を思い出した。


兄たちが残ったマッコリとビールを空けている間、彼は自動販売機のコーヒーを買って外へ出た。姉は駐車場の一角にしつらえられた小さな庭のベンチに座っていた。実際に出てみると、庭は思いのほかこざっぱりして好ましい趣があった。真ん中に小さな石臼も置いてあり、姉はその底にたまった水を見ている。姉さん、そんな、何も食べずに、とそこまで言って彼は口をつぐんだ。

あんたが朝も食べずに来たから、あんたのために食堂に入ったんだよ。私がここで何か食べるとでも思った?

朝も食べずにとまた言われて、彼はうんざりした。

ヒョギ、あんたが朝も食べなかったのは兄さんの家に行きたくなかったからだろ? わかってんだ。

違うよと否定したのに姉は信じていない口ぶりで、それでもお母さんには会って帰りなさいと言った。帰る途中に寄るつもりだと答えると、ぜひそうするようにと、下の兄とまったく同じことを言う。

お母さんが本心じゃどう思ってるか。

そう言って口火を切った姉は、彼が何か尋ねるのを待っている様子だったが、彼は黙ってタバコに火をつけた。下の兄のときのように失業の話でとばっちりを食らうのではないかと思うと、いらいらしてくる。

これがいいとは一人も思ってないのに、いったい何なの、この大騒ぎは？

そこで彼はやっと、自分の話ではないと確信して口を出した。

賛成の人は一人いるじゃないですか？

彼がそう言うと、待ってましたとばかりに姉の口から堰を切ったように言葉があふれ出てきた。

ヒョギ、これ、お兄さんが好きでやってることだと思う？　違うんだよ。お兄さんが最初に言い出したんじゃないんだ。お兄さんがそんなに考えのある人なもんかね？　あの人の奥さんがどっかで聞いてきて、こそこそ画策したんだよ。つまりね、この正月に出てきた話なんだ。義姉さんは、お母さんが亡くなったら当然お父さんと合葬されるんだと思ってたみたいね。まあ私たちもそう思ってはいたんだけど。でも、あんたはあの日来なかったから知らないけど、義姉さんがいきなり合葬の話を持ち出してさ。それがあんなに矍鑠（かくしゃく）としてるお母さんに向かって言うことかい？　ところが、そしたらお母さんが急に、私は合葬は嫌だって言ったもんだから、えーっ、それじゃどうするんですかって義姉さんがすごく気を揉んじゃって。じゃあお墓を別々に作るんですかって、顔を真っ赤にしてお母さんに聞くんだよ。それ以来、お母さんを説得してるのを何度見たかしれやしない。なだめて、すかしてさ。でもうちのお母さんってそういうとき、本当に頑固だからね。死んでもお父さんと合葬されたくないってんだ。それで私、お母さんと二人だけで話してみたんだよ、そんなにお父さんが嫌いなんですかって、だからあんなこと言うんですかって。そしたら、それもまた違うってんだ。一緒に暮らしてて、嫌いだとかそんなことはなかったんだって。それにお父さんは早く亡くなっただろ？　だから、嫌いだの何だの言ってる暇もなかったんだね。じゃあ何でだって聞いたら、ただ一緒に埋められるのが嫌なんだって。生きてるときに嫌いじゃなかったのと、死んで一緒に埋められたくないのは別だっていうんだ。死んだら一人でいたいんだって。

彼はタバコを吸いながら、休みなく動く姉の小さな唇を見ていた。

私はそれ、理解できるね。ほんとのところ、うちのお母さんがどんなに大した方だか、あんたら知らないだろ。お兄さんもわかってないしね。息子たちは知らないんだ。知ってるのは私だけなんだよ。昔ね、お母さんの実家がすごい両班（ヤンバン）の家門だったことはあんたも聞いたことあるだろ？　お母さんは女だけどね、昔、あんな時代に高等女学校に行ってた人だよ。卒業はできなかったけど、そのとき一緒に高女に通った友達五人とお揃いの刺青を入れたっていうんだからね。あんたも見ただろ、お母さんの手首に点が五つ並んでるの。本当に大した人だったんだようちのお母さんは。そんな人があんな若い年でお嫁に来てさ。

彼はタバコを消し、意味もなく石臼のまわりを手でぐっと押してみた。陽射しを浴びて石があたたかく、固く、ざらっとした感じが手のひらに残った。

つまりお母さんは、お墓を別にしたいってことですか？

彼が聞いた。

そうじゃなくて。

それじゃ？

お母さんは、ただ焼いて山とか地面にばらまいてくれたらいいんだって。

彼がびっくりして、お母さんが火葬をですか、と聞くと姉が沈んだ顔でうなずいた。

お母さん、火葬は嫌だっておっしゃってたじゃないですか？　熱そうだからって。

だから、気持ちが変わったって言うんだけど、それは本当にだめじゃないの。

何がだめなのかと彼は聞いた。

えーっ、この子ったら何言ってんの？　そんなのありえないでしょう、ちゃんとお父さんのお墓があるのにさ、何でお母さんは火葬してそのへんにばらまくの？　お兄さんも義姉さんもそれはありえないって。チョルも同意見だし。

彼は、いったいきょうだいたちがどういう考えなのかわかりかねた。

じゃあ、なぜお父さんを火葬にしたんです？

彼の踏み込んだ質問に、姉は活気づいた。

それで私もびっくり仰天しちゃったんだよ。後でお母さんを火葬するから、先にお父さんも火葬しておくっていうんだけど、何で今、無理やり墓を掘り返して、こんな大騒ぎするのさ？

つまり、大きい兄貴は、お父さんとお母さんの二人とも火葬するっていう考えで、姉さんはそれに反対なんですか？

いや、反対っていうより、お母さんがあんなにお元気なのに、どうして今お墓を掘り返すのかってことだよ。

彼は混乱した。

それじゃ、小さい兄貴は？

チョルも不満なんじゃないの、何で今、墓を掘り返すんだって。

いや、そうじゃなくて、小さい兄貴も火葬には賛成なんですか？

そうだよ。火葬に反対の人はいないんだ。お母さんも火葬してくれって言うんだからさ。そこまでは私たちの意見は同じなんだ。でも、そこからがみんな違うの、意見が。

どう違うのかと、彼は聞いた。

一つも違わん！

答えは別の場所から聞こえてきた。いつ店を出たのか、上の兄が彼らの後ろに立っていた。姉がびっくりしてベンチからぱっと立ち上がった。

ソニ、おまえはそのつまらん話を広めるんじゃない。ほんとにそのおしゃべりな口は何だ。

上の兄がチッチッと舌打ちをして、足を引きずりながら、停めてあった車の方へ歩いていった。姉が彼の後ろにぴったりくっついて、ああー、お兄さん全部聞いちゃったの、困った困った、どうしようね、とせわしくささやいた。姉はずっと昔、小さかったころのおまえを背中におんぶしたら最後、おろせなかったもんだと言っていた。おろすと泣き、またおろすとまた泣くので、一日じゅう腰がくだけるほどおぶっていたというが、今この瞬間、彼は上の兄が憎いからか姉が嫌いだからか、首すじに浴びせられる姉の温かい息遣いがとても耐えられなかった。背中を振り切り、思いきり姉を押しのけてやりたかったが、おぶってくれた恩に免じて耐えようと、彼は陽射しを浴びた石臼の銀色の縁ばかりを見おろしていた。

車に乗ると上の兄はいびきをかいて寝はじめ、下の兄と姉は後部座席でそれぞれ窓の外ばかり見ていた。車が信号で止まるたびに姉が窓をずずっと開けながら、ああ酒くさい、匂いがこもると言う。その声で目を覚ました上の兄があたりをきょろきょろ見回した。

もう着いたのか？

まだですよ、寝ててください。

上の兄は熟睡から起こされて腹が立ったのか、大声で怒鳴った。

ソニ、おまえ、もうここで降りて自分の家に帰れ。これからはもう、うちに来るなよ。

しばらく黙っていた姉が、何でよお兄さん、と尋ねた。

私がお兄さんの家に行ってると思ってるんですか？　私はお母さんの住む家に行くっていうつもりなのよ。

嫁いだ娘は他人も一緒だ、やたらと実家に出入りしてちゃごたごたが起きるばかりだ、違うか？今回のことにしたってそうだろ。いつやってもいいことなのに、何だっておまえはいちいち文句をつけてもめごと起こすんだ？

だから、いつやってもいいことなのに、お兄さんはいったい何で今、この時点でこんなことするの？　お墓を掘り返すのが普通のことですか？　こともことだし、かかるお金もお金だし。

これ、思ったよりなかなか物入りだよな、姉さん。

下の兄が割り込んだ。

そうだよ、金がかかるったらありゃしない。だからつまりね、後でやってもいいことを何で今やるのかってことだよ。言わせてもらえば、ヒョギも職をなくしてぶらぶらしてるんだし、お兄さんだってどうなの、うまくいってんの？　弟たちも、私も、みんなが一文でも惜しいときに何でわざわざない金を取り崩して墓を掘り返して、お父さんを出したり入れたりするんだってことだよ。

話を聞けば聞くほど彼は、いったい何をどうするのだか見当もつかなかった。

お父さんを出したり入れたりって何、姉さん？

そうだよ。まともなお墓を掘り返して、ちゃんと葬られていたお父さんを掘り出して火葬するなんて、お母さんの気持ちはどうなるの？　無駄に人に気をもませてさ、何のための大騒ぎなのさ。

お、何だと、何てこと言うんだ？

上の兄が怒鳴った。

い、いや、ちょっとちょっと、と彼はどもった。いったい、大きい兄貴はどう思ってるの？

上の兄が怒りを鎮めようとハアハアあえいでいる間に、姉がすぐさま答えた。

どうもこうも、お兄さんの考えは、お父さんを火葬したら骨箱に入れてお墓に入れて、平葬墓を作るってことだろ。

平葬墓？　平葬墓って何ですか？

下の兄が面白そうに、平葬墓ってのはなヒョギ、平べったい墓だよ、何だと思ったんだと答えた。

何で平葬墓を作るんです？

土まんじゅうの墓はちょっと管理が難儀だろ？　上の兄がしゃがれ声で咳き込んだ。ヒョギ、おまえも朝、あの芝を見ただろ？

それじゃお母さんは?

上の兄がまた呟き込み、ああもう、こののどが、と言った。誰か自分の代わりに説明してくれという意味だった。姉が口を出した。

お母さんも同じだよ。亡くなったら火葬して……あー、でも、何で私がこんな話してんのかわけがわからない。お母さんはあんなに矍鑠としてるのに、何のためにこんなこと。

いや、とにかくお母さんが亡くなったらどうするっていうのさ?

彼がせかすように尋ねた。

どうするって何よ? お母さんも火葬して、骨箱に入れて、お父さんの隣でお祀りするのさ。

彼は呆れてものが言えなかった。

お父さんの隣で?

そりゃそうだよ、私たちがほんとにお母さんの言う通りに、そのへんにお母さんをばらまけると思う? そんなことありえないでしょ。そんなふうにお母さんをばらまいたりしたら、私たち四人とも胸が痛くて生きていけないでしょう? 私はそんなことできないね。

それで合葬するっていうの?

彼の驚きにはおかまいなく姉は、だからねお兄さん、と言って自分の言いたいことを言い出した。話が出たついでにヒョギもいるところで言うけどね、お墓を開けて火葬して、平葬墓を作るとか、墓碑も平石で横置きにするとか、そういう話は正直、最初、どこから出てきたの? この正月だって私、聞いてたてあんまり気分がよくなかったわね。義姉さんは何かっていうと、自然とそんなことになったみたいに話を持ってくけどさ、私が知らないと思ってる? それ、絶対、偶然出てきた話じゃないでしょ。義姉さんがずっと心の中でそんなこと考えてたなんてびっくりだね。お母さんが亡くなったらこんなして、あんなしてって、そんなことばっかり考えるなんて、お母さんが亡くなるのを待ってるみたいなもんでしょ？　何でよりによって今、そんなことをやろうって軽はずみなことを言い出すの？　お父さんをさっさと焼いてさ、お母さんが亡くなったらまたすぐ焼いて……

おい、ソニ、おまえ、と上の兄が雷のような大声を出した。娘っ子がそんなに長々としゃべるもんじゃない、縁起でもない。

な、何ですって、お兄さん？

上の兄が、ああーとため息をついた。

私ももう五十過ぎて還暦が見えてるのに、何かっていえば私に向かって舌打ちしたりして、娘っ子とは何よ、娘っ子とは？

沈黙が流れる中、車は静かに松湫（ソンチュ）方面に向かう国道を走った。しばらく後、姉の泣き声が聞こえてきた。

何なんだよこれは？

突然の彼の叫びとともに、車が急停車した。どうした、何だ、何で停まるんだという声が車内に広がった。

どうしたのヒョギ、何？

姉が尋ねた。車は横断歩道のまん中に停まった。信号は青だったが、渡る人はいなかった。

もしかして、何か、何か、轢（ひ）いたか？

下の兄が聞いた。

あー、考えれば考えるほど腹立つ。何なんですかこれは？

彼が叫んだ。何だとは何だと上の兄が震える声で聞いた。

お母さんのことは考えてないんですか？　どうして誰もお母さんのことは考えないの？

彼がそう言うと、ううっという呻き声と、ため息が聞こえた。

ヒョギおまえ、ちゃんと運転しろよ。この骨箱が割れでもしたらどうする。

下の兄が彼をたしなめた。

俺は、お母さんの意思だと思って、お母さんのために始めたことだと思って朝早くからここまで来たのに、違うじゃないか？　お母さんのことを考えてる人間は一人もいなくて、お母さんの意向は一つも反映されてないじゃないか？

反映されてるよ、反映されてるんだと下の兄がなだめるように言った。

何が反映されてるの？　お母さんが嫌だっていうのに、結局合葬するんじゃないか？

ヒョギ、ヒョギと姉が鼻の詰まったような声で言った。これは合葬じゃないんだよ、お母さんが嫌だっていうのに私たちがどうして合葬すると思う？　合葬じゃないんだ、骨箱は別々なんだから。

それが何だよ？　一つの墓なのに？

ヒョギ、おまえはわかってないんだ、これは合葬とはちょっと違うんだよ。石室を分けるんだから。

お姉さん、頭おかしいんじゃないの？　一つの墓に入るのが合葬だろ、何が違うんだよ？

おまえがわかってないんだよと下の兄が言った瞬間、彼が拳をハンドルに振りおろした。

わかってないって何だよ畜生！　お母さんは合葬が嫌なんだろ！　お母さんは一人でいたいって

言ってるんじゃないか、こん畜生！

後部座席から、ああ、ああ、この子ったらどうしちゃったのという姉の声が聞こえた。彼はハンドルをつかむと荒々しくアクセルを踏んだ。車が急発進した。

子供らが集まって何やってんだよ、畜生！　お母さんが自由になりたいって言ってるのに！　死んだら、ひらひら自由に飛んでいきたいっていうのに！

車は轟音を立て、スピードを上げて走っていった。

おい、停めろ！　ヒョギ、車を停めろ！　停めろって！

停めてやらあ、畜生！

彼は狂ったように石垣の方へ車を突進させ、ある瞬間にハンドルを切ってブレーキを踏んだ。目をぐっと閉じた。タイヤが地面を擦(す)るキィーッという音とともに、ああー、おおーっ、死んじゃうという悲鳴が聞こえてきた。衝突はしなかった。彼は目を開けた。車は石垣のそばに斜めに停まっていた。フロントガラスに、落ち葉か蛾かわからない何かが落ちていた。

彼は黙ってシートベルトをはずし、ドアを開けて降り、反対方向へ足速に歩いていった。後ろでドアが開いて閉まる音が聞こえ、車を発進させる音が聞こえた。彼は振り向いて、遠ざかっていく車を見た。下の兄がバックミラーで彼を見ているかもしれない。骨箱は壊れなかったかなと彼は思った。土まんじゅうにしろ平葬墓にしろ、お父さんの墓を作るのをこんども見ずに終わってしまったなあとも思った。大型トラックが秋の陽射しを正面から浴びながら疾走してきて、通り過ぎるときに埃を巻き上げた。母ちゃん……家族がみんな霊柩車に乗って行ってしまい、一人で部屋の片すみに残されて昼寝から目覚めた幼いころと同じように、彼は手の甲で涙を拭きながら泣いていた。

灰

夜遅く、彼は傘を持って家を出た。雨脚は細く、傘に当たっても雨の音がしない。商店街へ向かう道で若者とすれ違った。若者はたたんだ傘の柄を手の甲にかけて、携帯を見ながらゆっくり歩いてくるところだった。止んだかなと思って彼も傘をたたんだが、十歩ぐらい歩いてまたさした。その間に顔と髪がわずかに湿った。青白い街灯に光る雨のしずくが銀粉のようにびっしり凝集していて、暗い虚空でミルク色の液体が沸きかえっているようだった。

閉店時間が近いのに、軽食店の店内では三つのテーブルにお客がいた。いずれも男女が向かい合って座り、約束でもしたように三組ともうどんを食べている。彼はキムチぎょうざのテイクアウトを頼み、レジ前の席に座った。そこからは厨房の入り口がはっきり見えたので、彼は、年老いた店員が震える手で小さなプラスチックの容器にしょうゆを注ぐとき、ちょっとこぼしたのを見た。一つのテーブルの若い男女がうどんを食べ終えて立ち上がり、他のテーブルの中年男女がキムチのお代わりを頼んだ。もう一つのテーブルのいちばん若い男女はひっきりなしにひそひそ話し、くすくす笑いながらも大変なスピードで麺をすすり込み、鳥がえさをついばむように盛んにキムチをつついて食べていた。

厨房の方でアラームの音が鳴った。年配の店員が厨房の配食口から出てきた熱いぎょうざの皿に発泡スチロールの容器をかぶせてパッと引っくり返し、ふたを載せて輪ゴムで止め、すきまに丸いしょうゆの容器と割り箸をはさんでビニール袋に入れた。彼は立ち上がり、袋を受け取ってレジの女性にクレジットカードとポイントカードを一緒に差し出した。女性は黙って空欄に赤いスタンプを捺してくれた。ボーナスクーポンが二コマ空いている。今後あと二種類のメニューを注文すれば、うどんが一杯ただで食べられる。あと二回来られるだろうか。彼は何かをテストするような気持ちでスタンプカードを財布に入れた。

家に帰って発泡スチロールのふたを開けてみると今日もまた、熱々の赤いキムチぎょうざが見る影もなく一方に片寄ってくっつきあっている。あの年配の店員が皿を引っくり返すときにもうちょっと気をつけてくれれば毎度こんなざまにはならないのに、と彼は思った。彼はぎょうざを一個そっとかたまりからはがし、しょうゆもつけずに両手で持って食べた。ぎょうざを食べ終えたときは夜の十一時ちょっと前になっていた。そんな注意事項はなかったが、彼は明日午前十一時まではもう何も食べないことにした。夜中の三時までに成績処理業務をすませてベッドに横になったが、朝七時になってやっと眠ることができた。

彼はA館の二階で受け取った書類を持ってB館の三階へ行った。書類を差し出すと看護師が床を指差し、オレンジ色の線に沿って行けばいいと言う。通路の床に表示されたオレンジ色の線に沿って角を二回曲がると、受付があった。彼は受付をすませ、待合室の椅子に座って待った。受付の左側に、彼がしばらく前に撮った肺の低線量CTを宣伝するパネルが立ててある。放射線への曝露が少なく、検査時間が短く、レントゲンでは捉えられないガンまで診断できると書いてあった。

彼は一瞬、何かよく知っているものがそっと自分をかすめて通り過ぎたような感覚を味わった。

誰かが彼の名前を呼んだような気もした。周囲を見回したが、誰も彼に注目していない。ただ、空中にかけてある電光掲示板の待機者名の列の最後に、彼の名前が表示されて光っていた。まさか、あれのせいだろうか。彼にはわからなかった。彼が字を覚えて以来五十年以上見てきた自分の名前、その見慣れた文字の形が電光掲示板に浮かんだときに彼を刺激したのだろうか。聞きたくなくても耳に入ってくる音があるように、見ていないのに何らかの形態やイメージが目を貫いて入ってくることもあるのだろうか。だとしたら目という器官もまた、自ら選択と排除を行うのではなく、耳と同様ぽっかり開いた無防備な穴にすぎないのか。

彼の前で順番を待っている待機者は五人だった。彼は意味もなくその五人の名前を読み下していたが、前方でちょっと横を向いて前かがみに座っていた大柄な男が椅子を乱暴に引いてバッと立ち上がったので、びっくりした。男が立ち上がると、その肥えた体に遮られて見えなかった血圧計が現れた。男は測定器から出力された紙に不満そうに目をやりながらどこかへ歩いていった。血圧計は二台並んでいた。彼は、血圧を測るために腕を差し込む二つの穴を見ながら、それなら我々の体のすべての穴もまた、自ら判断して動く器官ではなく、あの機械の蛇腹になった穴のように、与えられたものを次々に受け入れて通過させる受動的な空虚にすぎないのかと考えた。

しばらくして、知らない女性の声が彼の名を呼んだ。

病院のフードコートは広めの空間を低い仕切りで半分ずつに分け、一方を食堂、一方をカフェとして使っていた。彼はカフェのレジでコーヒーを頼んだ後、注文票を持って近くの席で待った。隣に座った女性たちの中の一人が朗々とした声で話すのが聞こえてきた。うちの子が何か声を出して読んでたからさ、何の本を読んでるのかなーと思ったら、あの子ったらもう、私の日記帳、読んでたんだよ。あらー、やだーという嘆声とにぎやかな女性たちの笑い声が聞こえてきた。笑いが収まったころに、あなたまだ日記帳に日記を書いてるわけ、と尋ねる声がした。

彼は、母に似て朗々とした声で母の日記をはきはきと読む四、五歳の女の子を想像してみた。いや、女の子という言葉はなかったのだから男の子かもしれない。ともあれ、子が読み上げる日記の内容が、お金の心配や誰かの悪口ではなく、森や風、本やコーヒーの香りに関するものだったらいいが、そうではなかったんだろうなと彼は思った。彼だって娘のミンジにそんなものをプレゼントできたわけではない。四、五歳のときのミンジの顔と声を思い浮かべようとしてみたが、思い出せなかった。彼の人生でいちばん辛い時期だったし、それはミンジにとっても同じだっただろうということすら考えられないほど、最悪の時期だった。

彼はコーヒーを受け取って窓ぎわの席に座った。医師はただちに手術の日程を決めようとしたが、彼はもうちょっと考えてみると言った。あ、ちょっと考えてみるん、ですね、と医師は彼の言葉を反復し、でもまあどうせ、やらないわけにはいかない手術ですからねとだるそうにつけ加えた。やらないと言ったらやらないだけで、やらないわけにいかぬ手術なんてものがこの世のどこにあるんだという反発の気持ちが萌(きざ)した。

その瞬間、彼の頭に、ミンジにこの事実を教えてやったらどうなるかという思いが浮かんだ。すると突然、思いもよらない生気が湧いてきて、待ちわびた旅の準備をするときのようにそわそわと心が浮き立った。電話で言うか、中国にいるミンジに直接会いに行くべきか、会いに行くとしたらいつごろがいいか、ミンジに会ったらすぐに言うか、別れるときに空港で話すか、ミンジはどんな反応を見せるか、自分もまたそれにどう対処するかなどなど、こと細かな妄想に彼は没入した。
しばらくして彼が気を取り直し、コーヒーカップを持ったとき、カップはもう空になっていた。彼は結局、ミンジにこの事実を知らせないことにした。どれくらい時間が過ぎたかわからないが、その長い時間を費やして自分が空想したすべてが、単に何かに甘えたいというけちな考えにすぎなかった気がして、自分に呆れた。それも神様どころか、自分の娘への甘えとあっては。

彼が携帯電話の電源を入れて時間を確認したとき、隣の席から、中年男性の地方なまりの混じった声が聞こえてきた。ある日、子供が、害虫になってしもうて。この言葉を聞いたときでさえ彼は、それがカフカの『変身』のことだとは思いもしなかった。彼はグレゴール・ザムザが害虫になったという翻訳を見たことはなかった。だが、ぽつりぽつりと聞こえてくるその男の話は、彼に驚きと確信を与えるに十分だった。それでその子は、汚いもんばっかり食べるようになってな。それで、最後にどうやって死ぬかいうたら、おやじがりんごを投げよったと、そいつに。家の中をほっつき歩くなちゅうて。それでけがをして死んだんじゃ。彼は『変身』が何とも暴力的なまでに簡明に要約されたことに新鮮な驚きを感じながら、彼らの方をちらっと見た。相手の男が聞いた。それも全部想像だろ？ すると話していた男が沈鬱に答えた。そうだ、想像だ、全部……

彼はカフカの『変身』を読みながら、妻の姉を待っていた。彼がずっと前に読んだ本と同様、新たに買った翻訳書でも、グレゴール・ザムザは害虫ではなく虫になったと翻訳されていた。彼は何となく安心した。もちろん「身の毛もよだつような虫」とはなっていたが、「身の毛もよだつ」と「有害な」は違う。彼は、誰が何の理由でグレゴールを害のある虫と翻訳したのか知らなかったし、永遠にわかりそうになかった。本を読みながら顔を上げると、カフェのガラス窓の向こうに、「牡丹精米所」という看板が見えた。彼は看板の下の方に書かれた「唐辛子粉・大麦粉・味噌玉麴粉」という文字を順に読んでいった。病院の電光掲示板の待機者名を読むのと同じぐらい無意味だったが、それよりは少し親近感があり、それだけに少しは慰められた。

彼がまた本に戻ったとき、真っ先に目に入ってきたのは「——病院だった」という文章だった。そんなわけがあるだろうか。彼はすぐ前の段落にさかのぼって、さっき自分が読んだ部分を確認した。虫になったグレゴールを、彼の両親と彼の家を訪ねてきた支配人がついに発見する場面だ。従ってそこはグレゴールの家、正確にいえばグレゴールの部屋の近くでなければならない。そして彼の記憶では、グレゴールは虫に変身した後、死ぬまで自分の家を出たことはなかった。だから病院に入院したこともなかったはずだ。なのに病院とは！　またゆっくりと引き返して読んでみて、彼はやっと何が間違っていたのかわかった。彼が病院という単語に敏感になっていたせいだったのかもしれない。

つまり今、虫であるグレゴールは斜めに首をかしげた姿勢で、驚愕する支配人と絶望に陥った家族の顔色をうかがっている。そのうちにあたりが徐々に明るくなってきて、グレゴールの後ろの窓から、道路の向かいの灰色の建物がはっきりと見えてくる。汽車のように長々と伸びた、規則的に窓が並んだ濃い灰色の建物——それが病院だった。彼は自分の誤解が解けた後もしばらく謎ときのような考えにふけっていた。大きな雨の雫が落ちてくる朝、虫に変わったグレゴールが初めて姿を現す瞬間、人々は彼のかしげた頭の後ろに、雨に濡れた陰鬱な灰色の病院が長々と横たわっているのを見る。

どう考えても彼には、この場面がグレゴールへの冷酷な予言のように思われた。細長い病院の建物は、虫になったグレゴールの弱々しく丸い頭を貫通する灰色の鉄の棒のように感じられたし、もっと言えば、すべての病院は、小さな窓の中の病室に閉じ込められた患者たちを、実現不可能な人生への希望を人質にとって一突きにする金串なのかもしれないという気がした。患者たちは、やくたいもない生命をつなぐために家族の財産を食い尽くす害虫のような存在であり、結局は家族の幸福や安泰のために干からびた殻を残して死ぬことになる、グレゴールのような運命なのかもしれないと。

約束の時間より三十分ほど遅れて現れた妻の姉は、向かいの席に座りながら、ごめんなさい、「ボウタイイ」でもめちゃったもんだからと言った。いきなり聞いたその言葉は彼の耳に、「某」大尉が何かを紛糾させた、というように聞こえた。呆然としている彼の目を見て彼女は、「暴対委」という、暴力的な生徒をどう処遇するかという対策会議のための機関があるのだと説明した。ああ、と彼はうなずいた。ひょっとしたら五年ぶりに突然会いに来た自分こそ、妻の姉にとってはもめごとのたねなのかもしれないと思った。

彼がカウンターからカフェラテを持って戻ってくるとき、妻の姉も向かいの牡丹精米所の看板を見ていた。ガラス窓から見えるものがそれしかないためではある。彼がカフェラテを彼女の前に置くと、こういうところには必ず精米所があるんですねと彼女は切り出し、何だかすごく騒がしい会議だったから、ちょっと静かに座っていたいのだとつけ加えた。そうしてくださいと彼は言った。しばらくして彼女は、こらえきれなくなったように自分から口火を切った。

ヒョクチュンは自傷行為の常習者だとばかり思ってたんですけどねえ。

こういうのが彼女流のやり方だったなと、彼は思った。ずっと会わなかったので忘れていた。彼は説明を待つ生徒のようにおとなしく、小じわの増えた彼女の首のあたりを見ていた。

キム・ヒョクチュンっていう二年生の男子がいるんですけどね。すぐ自傷行為をするので有名だったんです。素手でガラス窓を割ったり、階段から飛び降りてけがをしたりして。ところが調べてみたら……

妻の姉は少し前に終わった暴対委のショックから抜け出せないらしく、深いため息をつき、調べてみたらヒョクチュンは不良グループの暴力や恐喝にあって苦しんでいるいじめ被害者で、自傷行為も全部、加害の証拠を消すために強制されてやったことだったんですよと言った。すごく騒がしい会議だったから静かに座っていたいと言ったのとは異なり、彼女は目を輝かせ、さまざまな手振りをまじえ、暴対委で明らかにされた驚くべき事実を説明していった。彼がキム・ヒョクチュンも不良も知らないということを彼女は意に介していなかった。結局彼女はへとへとになるまでしゃべりつづけ、顔が青ざめてきてやっと口をつぐんだ。

彼は急にタバコが吸いたくなった。ずっと前に使っていた、濃い茶色のごつごつしたヒキガエルの形の陶器の灰皿を思い出す。あのずっしりした灰皿はどこへ行ったのだろうか。彼はカフェのガラス窓の向こうに見える精米所の看板の書体を真似して手のひらに書いてみたり、看板の下に書かれた粉類の名前を全部、一文字ずつゆっくりと読んでみたりした。だがやはり、ちょっと前に妻の姉に聞いた話の中の一場面が、現実に見たようにはっきりと浮かんでくるのをどうすることもできなかった。

今、学校の不良たちがキム・ヒョクチュンを取り囲んで集まっている。番長格の生徒がヒョクチュンに、拳を握れと命令する。ヒョクチュンは拳を握りしめる。番長は、手首にも力を入れろ、そうしないと手首がだめになるぞと警告する。ヒョクチュンは手首にも力をこめる。不良の群れはこれから起こることへの興奮で、うっすらと緊張した微笑を浮かべている。番長がヒョクチュンのそばに近づき、拳と手首の力の入り具合をチェックして、肘をつかみ、腕を曲げる。番長はヒョクチュンの曲がった腕を時計の振り子のように何度かやさしく揺らす。いち、にの、さんで行くぞ。恐怖にすくみ上がったヒョクチュンは返事ができない。一、で腕の振り子が最初の往復運動をする。二、で腕の振り子が二回めの往復運動をする。三！　三回めで、腕は戻ってこられない。番長は槍で盾を突くような具合で、拳を握ったヒョクチュンの腕をガラス窓にまっすぐ打ち込む。不良の群れはワアーという喚声を上げていっせいに廊下へ駆け出す。キム・ヒョクチュンがガラスを割った！　血まみれの拳とガラスが刺さった腕を引っこめることもできずにすすり泣くヒョクチュンは、こうして自傷常習犯の生徒となった。

ところで、と妻の姉が口を開いた。何かあったんですか？

彼は違うと言った。

それじゃ、何か話でも？

彼はやはり違うと言った。すると彼女はちょっとつんとして、もう自分からは何も聞かないというように口をつぐんだ。

ただちょっと……と言って彼はためらった。お元気かなと思って。

彼女は作り笑いを浮かべた。

私は元気ですし、お話しするようなことはありません。ミンジのことが心配でいらしたんじゃないんですか？　たまにはミンジと電話で話はしてるんでしょ？

たまには話すと、彼は答えた。

私もよくは話してません。しばらく前にまた勤務地が変わったって聞いたけど、知ってます？

知らなかった、今は中国にいるんじゃないのかと彼は尋ねた。

中国にいたけど、今はヨーロッパのツアーを任されて、そっちの方を回ってるらしいですよ。詳しいことは私もよく知りません。私の方から電話するのも変だし、私がしたって出ないことがほとんどだしね。ミンジが何で私にそんな仕打ちをするのかわけがわからないけど。あのとき、五年前にね、突然休学して家を出ると言い出したときも、私はあの子からちゃんとした理由は聞いてないんです。あなたとは何か話がついてるのかと思ったけど、そうでもなかったでしょ。もう出ていく、独立してお金を稼ぐの一点張りで出ていったけど、いったいなぜあんなことしたのか、私にはまだわからないんですよ。

私はよく知りませんが……あなたが見ていて、それまでのミンジに何か問題はありませんでしたか？

ありませんでした。それまでは本当に、何の問題もなかったんです。

妻の姉は断固としてそう言った。だが果たして、断固として問題がなかったのかどうかはわからない。ある時点までは断固として何の問題もなく、ある日突然激変してしまう人間がいるだろうか。ミンジはグレゴールのように変身でもしたのだろうか。または自傷常習者だと思っていたら被害者だったヒョクチュンという子みたいに、ミンジの問題もまた、完璧に偽装か隠蔽されていたのが爆発してしまったのか。

あなたはいかがお過ごしなんですか？

ええ、まあ普通に……特に何ということもなく……

話し方がミンジとそっくりね。

妻の姉がカフェラテのふたを開け、ストローで中身をかき混ぜた。

まあ、あなたにだけどうこう言うようなことでもないでしょうね。ジョンヒもそうだったから。

ミンジが大きくなっていくところを見てたら、ジョンヒの小さいころにそっくりでしたよ。でも、私はともかくとして……

彼は次の言葉を聞きたくなかった。

あなたはあのときまで、ミンジと何の問題もなかったんですか？

まあ……よくわかりません。

もしかして、傷つけるようなことを言ったことは？　自分でも気づかずに。

彼も考えてみなかったわけではない。何をしくじったのか、何が悪かったのか。しかしあのときもわからなかったし、今も同じだった。

わかりません。

私もそうなんです。私が結婚したこともないし、子供も産んでないせいだろうか、ミンジに対して間違ったことをしたんだろうかって、ずいぶん考えてみたんですけど、ほんとにわからなくて。

妻の姉はカフェラテのふたを閉め、ストローで残りを全部飲んだ。

どうしましょ、ミンジと電話で話すことがあったら、私たちが会ったこと、話しましょうか？

いいえと彼は言った。

ほんとに今日、何のために会いに来たんですか?

ただ、一度お会いしたくて。

どこか遠くに行くんですか?

違う、何もないと彼は言った。

ほんとにどうしようもないのね、お手上げだ。妻の姉は首を振った。私、今日ここへ来るとき、とにかくまあ、わかってあげたいって、そんな気持ちだったんですよ。ジョンヒのこと私、別に好きじゃありませんでした。なのにどうしてあのときあの子が、どうしても一緒に暮らしたいっていうあなたを振り切って、ミンジまで連れてうちに来たのか、理解できないのよ。くれぐれも頼むってあんなに言われたから、私はミンジを引き取って育てたのに……

あなたが努力してくださったことはわかっています。

そんなこと聞きたくて言ってるんじゃないんです。

いえ、と彼がこわばった顔で言った。心から、ありがたいと思ってるんですよ。

妻の姉が首をかしげて彼を見た。

ともかく……こんなふうに結論が出ちゃうと、虚しいですよね。感謝してほしいとは露ほども思ってなかったけど、だからって寂しくないと言ったら嘘ですよ。結局、ジョンヒ、ミンジ、あなたの三人とも私とはすごく違う世界の人なんだ、違う次元で生きている人たちなんだって、そう考えることにしたんです。そうしないとやっていけないでしょ。理解しようと頑張れば頑張るほど、私の何が悪かったのか、私がおかしいのかって、やたらと自分を疑うようになって、そういうのやめたかったのよ。疲れますよ私も。もう年も年だしね。いったい誰の何が悪くてこうなったんだか、わかりませんね。

いちばん悪かったのは……ジョンヒでしょう。

彼の言葉に、妻の姉は目を丸くしてふっと笑った。

そうです。いちばん悪かったジョンヒはここにいないから、ミンジ、私は私、あなたはあなた、そんなふうにそれぞれで生きていけばいいんですよね。それでも私にはまだ仕事があるし。

妻の姉は、では、と言って席を立った。彼女が歩いていく後ろ姿に、彼は五年前には気づかなかった歴然たる老化の証を見た。彼はしばらく牡丹精米所の看板を眺めてから、また本を開いて読みはじめた。

彼はその家の前の電信柱の下に立っていた。タバコも吸わず、電話もせず、ただ立っているだけだった。二十五年が過ぎたが、町は変わっていなかった。三階建ての住宅の後ろの壁はペンキが塗られておらず、見苦しく野暮な灰色の壁面には、どの階にもごく小さな窓が四個ずつついていた。台所の窓だった。彼とジョンヒが新婚生活をしていたのは二階の左端の部屋で、彼らはそこで六年暮らした。そこでミンジが生まれ、そこからジョンヒが黙ってミンジを連れて出ていった。

ふと、あの部屋に上っていってブザーを鳴らしてみようかと思ったが、それはやめておいた。無意味だからではなく、怖くなったからだ。二、三歳のミンジが今でもリビングで一人で遊んでいそうで、治療を放棄したジョンヒがまだ部屋で寝ていそうで、台所の窓のところにまだ、濃い茶色のごつごつしたヒキガエル形の灰皿が置いてありそうで、背後からジョンヒに、あなた早く論文書きなさいよ、こんな生活をしてちゃいけないとぼそぼそ言われそうで。そんなはずはないのに、絶対そうであるような気がして彼は怖かった。

後方の壁は夕方の陽射しで斜めに分割されており、上の方は白っぽく光り、影になった下の方は、コンクリートがまだ乾いておらず湿ったままのようなチャコールグレーを帯びていた。その壁の前にパラソルを置いて、三人の老人が酒を飲んでいた。

壁側に置かれた椅子に向かい合って座った二人のうち一人は、左目に丸い白っぽい眼帯をかけており、それはキムチぎょうざをテイクアウトするとついてくる小さなプラスチックのしょうゆ入れのふたに似ていた。年配の店員がその小さい容器にしょうゆを入れるときにこぼしていたことを思い出し、この老人の目の中の黒いしょうゆのような瞳も、何かわけがあって外に向かってあふれ出したのかもしれないと彼は思った。それで、ふたの形をした眼帯でぎゅっと閉めておかないといけないのかもしれないと。

壁を向こうにして道側に座った老人は障害者用の黒い電動車椅子に乗り、黒いサングラスをかけていたが、すぐにでも席を立って駆け出しそうな緊張した表情で体をまっすぐにし、狭く伸びた路地の向こうを見ていた。しかし、どんなに時間が過ぎても電動車椅子はその場所からびくとも動かなかった。もしかしたら、黒いサングラスの老人があんなにまっすぐで緊張した姿勢を保っているのは、脊椎関連の疾患があるためなのかもしれない。

建物の壁を背景に黙って座った三人の老人たちを見ていると、壁さえもが一人の老人であるように思われた。老人たちはそれほど暗い色の服を着ているわけでもないのに、なぜか彼の目には老人たちも、彼らの周囲のコンクリートの壁も色あせたパラソルもすべて無彩色に見え、そのただ中で唯一目につくのは、テーブルの上に置かれた緑色の焼酎のびんと、器に入った大根のあえものの赤だけだった。そのせいか、彼が今、対面しているのは現実ではなく、誰かが描いた静物画であるような、彼がとうてい割り込めない虚構であるような気がした。

ずっと前、ジョンヒが仕事から遅く帰ってきたある夜のことが思い出された。彼女がスポーツ用品売り場で働き、彼が論文を書いていたときだったので、結婚してから二年前後だっただろう。ミンジが生まれる前だった。ジョンヒは彼がちょうど開けておいたラーメンの袋を見て、こんなことだろうと思った、と言って軽く舌打ちをした。彼女は服も着替えずに食卓の椅子に座り、彼がラーメンを作るのを見守りながら何か話していた。彼ができ上がったラーメンの鍋を食卓に置き、一緒に食べるかいと聞くと彼女は笑った。

彼女がなぜ笑ったのか、一緒にラーメンを食べたか食べなかったかは思い出せず、いきなり他のことがあまりに鮮明に彼の頭の中に浮かんできた。それはジョンヒが冷蔵庫から取り出した、赤い調味料に浸け込んだ緑色のねぎのキムチだった。おかしなことに、その日の記憶に集中すればするほど彼女の顔はだんだんぼやけ、その代わり、まだよく漬かっていないみずみずしいねぎキムチの色感が生き生きしてくるのだった。廃墟の中に生い茂った緑の葉の中の赤いバラのように、それだけが異物のように際立っていた。あの日、あの夜の記憶もまた、彼が実際に体験した現実ではなく、誰かが描いた静物画だったのか。彼がとうてい割り込むすきのない、誰かが作った虚構だったのか。

電信柱のところを離れるとき彼は最後に、向かいの住宅の二階の左端の小さな窓をちらっと見上げた。実は、彼がそこまで上っていかなかった本当の理由は、そこに誰もいそうにないからだった。ジョンヒがミンジを連れて出ていってしまったあの日のようにがらんと空いていそうで。背後で、おまえはこんな生活をしていちゃいけない、と老人の中の誰かがつぶやいたようでもあった。彼はもう疲れていたが、家までは遠かった。あのときから実に遠くまで来てしまったと思った。

ベッドに斜めに寝て本を読んでいるうちに眠ったような気がしたが、たぶん本を広げるや否やすぐに寝入ったらしい。彼が伏せておいたゼーバルトの『土星の環』は、本文の一ページめのままだった。呆然として一ページめをじっと見ていた彼は、目を大きく見開いて座り直した。知らない街角で、古い知人の後ろ姿を見たような確信が訪れた。それならついていくしかない。

この作品は、作家がほとんど全身が麻痺した状態でノリッジの病院に入院するところから始まっていた。病床に寝て、網目の入った窓を通して灰色の空ばかり見ていたゼーバルトは、現実がまるごと消えてしまったような恐怖に苦しむようになり、何とかして現実感を取り戻すために、窓の外の風景を見ようと決心する。そして麻痺した体をベッドの角まで押していき、床へ這い降り、とうとう壁に到達するが、この場面で彼はすでに次の文章の内容を十分に予見することができた。かろうじて窓枠に取りつき、苦労して体を起こしたゼーバルトは、「あわれなグレゴール・ザムザが震える小さな肢でひじ掛け椅子によじ登って、自室から外をのぞ」いたという『変身』の一場面を思い浮かべていた。

彼は没頭した表情で、次の文章を読んだ。そんなにも苦労して体を起こした「虫のような存在」たちは、唯一、彼らを世界と接触させてくれる窓の向こうに何を見ることになるのか。彼はすでに『変身』で、グレゴールが窓を通して見たものがシャルロッテ通りだったことを知っていたが、ゼーバルトが書いた文章によって、新たな事実をさらに一つ知った。ゼーバルトは、「グレゴールの濁った眼は、家族とともに長年暮らしてきた静かなシャルロッテ通りがそれとわからず、灰色の荒野のように映った」と書いていた。彼が読んだ『変身』の翻訳書には、グレゴールが虫になって目がかすんだという暗示が抜けていたため、彼はシャルロッテ通りそのものが本来、荒涼たる灰色の街なのだとばかり思っていた。では今、ゼーバルトは何を見ているのか。ゼーバルトもまた、窓の外の風景を見おろして現実感を取り戻すどころか、「馴染みの町」ノリッジを「まったく見ず知らずのもの」と感じ、まるで「断崖の上から岩だらけの海か、瓦礫が原でものぞき込んで」いるような荒涼とした感覚にとらわれる。彼はこの場面で読むのをやめ、しばらく思いにふけった。

つまり、窓の外に見える現実が実際にどれほど多彩で躍動的であるかは問題ではないのだった。見えるものが何であろうと、虫的存在の曇った目にとっては灰色の荒野とか岩だらけの海、または瓦礫が原と変わりがないのだ。彼は何日か前にコンクリートの壁の下で酒を飲む三人の老人を見ながら、それを現実ではなく、無彩色の背景の中の静物画のように感じたことを思い出した。まだ病院に入院してもおらず、辛い手術を受けてもいないが、すでに彼は虫の目を持つに至ったのかもしれなかった。

彼はうつむいて、病名が記された書類をのぞき込むように、用心深くゼーバルトの次の文章を読んでいった。そしてしばらくして、静かな喜悦を感じて顔を上げた。たとえ虫の目であっても、ゼーバルトは知らず知らずのうちに、自分が見た荒涼たる風景の中に何かを見つけようとして奮闘し、ついにそれを見つけることに成功した。そして彼もまた、ゼーバルトの乾いた灰色の文章の中に何かを見出そうとしてもがき、ついにそれをやりとげた。

ゼーバルトの目はノリッジ病院の暗いどんよりした風景の中に何か動くものをとらえたが、それは病院の進入路の前方の「芝生を横切って、夜勤に向かうひとりの女性看護師」と、角を曲がりつつある「救急車の青い灯」だった。ゼーバルト自身は憂鬱そうにその価値を否定しているが、彼はそれが明らかにゼーバルトにとっての「ねぎキムチ」であることを理解した。彼ら、つまり彼とゼーバルトはまだ虫ではなく、どんなに荒涼とした廃墟の中からでも何かを見出すことができ、また見出さずにいられない存在なのだった。依然として世界は灰色だ、しかし彼らはそこにはさむ意味という細い栞を携えた存在なのだ。たとえそれが緑色の焼酎びん、青い灯のついた救急車、赤い大根のあえもの、アリのように動く看護師のシルエットにすぎないとしても。

彼はベッドからぱっと起き上がって外に出た。夜で、雨は降っていなかった。軽食店の席は空いておらず、彼はキムチぎょうざのテイクアウトを頼んでレジの前に立って待った。そこからは厨房の入り口が見えなかったので、彼は年配の店員が今回もしょうゆをこぼすか、ぎょうざを引っくり返すとき一方に片寄らないか見届けることができなかった。

大学本部に休職のための書類を提出し、家に帰ってくるとすぐに彼は二冊の本を並べて開いた。電車で帰ってくる間ずっと、彼はひたすら一つの考えだけにとらわれていたが、それは、グレゴールとゼーバルトはお互いを知らないけれども、二人は確かに同じところを見ていたという確信に近い思いだった。もちろんシャルロッテ通りの向かいにノリッジ病院があるはずはなく、またゼーバルトは九階の病室に入院したと書いてあり、グレゴールの部屋の向こうに見える病院は背が低くて横に長い建物だそうだから、同じ病院であるはずもなかった。しかし非現実的だからといって、不可能だというわけではない。

つまり、ある想像、ある思索の中では、ゼーバルトが入院した病院がグレゴールの家と道路一本隔てて向かい合っていることも十分ありうるのだ。グレゴールは虫になる前、しょっちゅう見すぎたために向かいの病院の建物にうんざりしていたが、虫になって窓の外を眺めるようになったときには目がかすみ、向かいに病院があるのかどうかもまったく見えなくなっている。それでもグレゴールは毎日ソファの背にもたれて、荒地のようなシャルロッテ通りとその向こうを眺める。

ゼーバルトもまた、病室の窓枠につかまって起き上がり、外を見るとき、苦痛と疾患のために「入り組んだ建物の下にまだ生きて動いているもの」を見ることはまったくできなかったが、しかし目という器官は、凝視しなくても見ることのできる、開かれた穴ではないか。彼らはお互いを知らなくても同じところを見ていたのであり、その瞬間、彼らの存在はお互いの目を透過したのだ。ゼーバルトは向かいのある家の窓を通して、虫になってかすんだ目で自分とまったく同じ風景を見ているグレゴールの姿を見ただろうし、グレゴールもまた、規則正しく並んだ病院の窓の一つから、消えゆく現実を引き止めるために、苦痛の中でぶるぶる震えながらも窓枠をつかんで外を見ようと死力を尽くして直立するゼーバルトのかすかな輪郭を見ることができただろう。

そしてグレゴールは回復することなく死んだが、ゼーバルトは病状が徐々に好転したのだから、その後ノリッジ病院の九階の病室の窓から、妹の演奏に魅了されて思わず部屋のドアを開けて居間に出ていくグレゴールと、背中にりんごがめり込んで腐っていくグレゴールと、ついに死んでカサカサに干からびた殻だけが残ったグレゴールをはっきり目撃しただろう。ひょっとしたらゼーバルトはノリッジ病院から退院した後、いかなる現実的な制止を受けることもなくまっすぐにシャルロッテ通りを通過し、グレゴール・ザムザの家を訪ねたかもしれない。そして、天使のようなグレゴールの妹が開けてくれるドアの中に入っていったのかも。

こんな幻想的な遭遇を思い描いてみるだけでも、彼は最近ほとんど感じたことのない激しい喜びを味わった。その感激のおかげで彼は、自分が近く入院して、望みのない手術を受けねばならないことも、回復期間中ずっと知らない看病人の手に身を委ねなければならないこともあまり怖くなく、むしろ密かにそれが待たれさえした。その上、自分の看病人が、グレゴールに付き添っていた無慈悲な下女のように脅しの言葉を口にしたり、ほうきで彼を押しのけるといった多少手荒な扱いをしてくれたら、という突拍子もない希望さえ抱くに至った。


石垣で遮られた路地の突き当たりには、豚の炭火焼肉の専門店があった。そこからはいつもかすかな埃の匂いがした。濡れた炭の匂いのようでもあり、乾いていない白壁の匂いのようでもあった。店の入り口にはメニューを書いた黒板がかかっていたが、一行めはいつも同じだった。豚焼肉定食・かっこ・コチュジャン味・しょうゆ味・かっこ閉じ。二行めは卵焼き、おでん、豆腐キムチといったつまみ類だった。三行めにはその日の特別メニューが書いてあり、今日は貝の刺身と蒸し貝だった。彼はこの店でコチュジャン味の焼肉としょうゆ味の焼肉だけを交代で食べていた。

店の主人は彼を見ると、練炭の火を新しく起こさないといけないので、焼肉を食べるならちょっと待ってもらわないといけないと言い、彼はかまわないと答えた。主人は石垣の方に向いた裏口のドアを開け放って練炭の火を起こした。こんろに着火炭を敷き、付け紙を揉んでから練炭に載せた後、火がちゃんとつくか目を細めて見守りながらタバコを吸っていたが、火を起こしながらタバコを吸う姿は実にさまになっていると彼は思った。タバコを吸いたい欲求を抑えるために、彼は水をがぶがぶあおった。通路を隔てて隣の席にいた灰色のＴシャツを着た若い女が、彼をちらっと見てから元に向き直った。何だ、酒じゃなくて水か、という表情だった。灰色Ｔシャツの向かいには同年代らしい黒いＴシャツの女が座っていた。彼らは蒸し貝をつまみにビールを飲んでいた。

　灰色Ｔシャツが黒Ｔシャツに言った。だから、そこには空気がいっぱい詰まってるんだよ、そこでポポン、ポンって。黒Ｔシャツが、ポポン、ポン？　と尋ねた。そう、ポポン、ポン。何かがポンポン浮いてるってこと？　ううん何がポンポンしてるのかはわかんないけど、と言って灰色Ｔシャツはちょっと黙ってからうなずいた。そうだね、まあどっかにポポン、ポンって浮かんでるのかもしれない。空みたいなところに？　と黒が聞くと、灰色が、違う違う、空なんかないよと言った。じゃあ何？　と黒が聞く。ただ空気だけがいっぱいのとこで、ポポン、ポンなんだ。何それ、わかんない。わかんない？　わかんないよ。ただもう空気だけがいっぱいのとこなの、そこでポポン、ポン。

　彼は知らず知らず、彼らの話に耳をそばだてていた。それで？　ただもう空気だけいっぱいのポポン、ポンなんだよ。空気だけのとこでポポン、ポン？　うん、空気だけでポポン、ポン。空気だけでポポン、ポン？　うん、ポポン、ポン。ポポンポンって何よ？　そういう感じなんだよ。そういう感じって？　彼らの話が何のことだかわからないまま、彼はポポン、ポンという音に魅了されて、体を若干そっちの方へ傾けた。傾けながら、妹の演奏に聞き惚れて自分の体を露出させてはいけないことも忘れ、居間に這って出てくるグレゴールのことを思った。

　何もなくて？

　どういうこと？

何もないのかって聞いてるの。あるのは空気だけなのかって。

うん。

じゃあ、境界はあるの？　果てが、ってことだよ。

わかんない。

わかんないんだ？

そうだね、境界はあるかもしれない、何かの内部だって感じはするから。

どこかの内部って感じ？

うん、中みたいね。

例えばアドバルーンの中みたいなの？

それよりおっきいな、ずーっと。

そうだろうね。でも、ものすごーく大きいアドバルーンなら？

それもありかな。

ほんとに何もないんだ？

いや、ほんとに何かがあるのかないのかはわかんないけど、とりあえず私には、空気だけがいっぱい詰まったところでポポン、ポンって、そういう状態。

空気だけいっぱいのとこでポポン、ポン……

そういう状態、想像してみて。

空気でいっぱい、ポポン、ポン……

そうそう。

私の考えではね、それって……

男性客が三人入ってきて騒々しくなったせいで、彼はもう二人の女の会話を聞くことができなかった。黒いTシャツの考えではそれは……それは何だったのだろうか。空気でいっぱいポポン、ポン、そういう状態……それを空っぽの状態というべきか、充満した状態というべきかわからないが、彼はそういう状態を知っているようでもあった。彼は唇が開かないようにして、ポポン、ポンと発音してみた。唇をちょっとだけ開けてポポン、ポンと発音もしてみた。ポポン、ポン……ポポン、ポン……空気でいっぱいポポン、ポン……口の中で小さな太鼓の音がしてくるようでもあり、遠くから太鼓の音がしてくるようでもあった。ヨーロッパのどこかを回ってガイドをしているミンジのことを思い出した。ミンジは何でそんなところで……ポポン、ポン……ポポン、ポン……空気でいっぱいポポン、ポン……

豚の炭火焼肉と飯が出てきた。彼はサンチュに飯と肉を乗せて包み、ぎょうざを食べるときのように両手で持って口に入れた。灰色Tシャツと黒Tシャツはまだ何か話をしていたが、もうポポン、ポンの話ではないようだった。飯を食べ終えて支払いをするために財布を開けると、何かがさっと落ちた。軽食店のスタンプカードだった。十個の欄のうち、最後の欄だけが空いていた。じっと見ているとそれは、彼がその空いたところに入って埋めるべき病室の縮図のように見えた。そして九つの欄に捺された赤いスタンプは、小さな病室でそれぞれ体をうごめかしながら、ベッドから床に降りて窓に向かって這っていく虫の軌跡のようにも見えた。寄りかかるものも握りしめるものも何一つ残っていない今になって、彼は初めて、空転していた世の中の枠の中にやっと収まることができたような感じがした。乱れていた彼の髪の分け目を誰かがきちんと整えてくれたようだった。

開いている裏口から、石垣の下に置いた練炭のこんろから弱い煙とガスの炎が上るのが見えた。最後といっても何ほどのこともないだろうが、だからいっそう空っぽになるか、もっと充満するのかはわからないが、彼はただ、その、空気だけいっぱいのポポン、ポンの状態を最後にもう一度だけ感じたいと思った。支払いを終えて彼は炭火焼肉の店の主人に丁重に尋ねた。

私にタバコを一本いただけますか?

アジの味

一言もものを言いたくないときが、たまにある。特定の誰かとではなく、誰とも、何も話したくないとき、「うん」さえ言いたくないとき、私は財布と携帯を入れた小さなポーチを持って、できる限り早くその場、その状況から抜け出す。付箋とペンも持っていく。コーヒーなどを注文するとき、しゃべらなくてもいいように。

そんなふうに無言の時間に入るためのしたくをしていると必ず、彼と一緒に食べたアジの味を思い出す。私はびっくりした顔で彼をじっと見つめ、彼は唇の両端を横に長く伸ばして微笑んでいた。あのときはわかっていなかったけれど、あれがほんとに、私たちが交わしたほんとに初めての会話だったのだと、今の私は知っている。

俺が変わったとしたら、と言ってしばらくためらった後、たぶんしゃべれなくなったときからだろうなと彼は言った。私は驚いて体から力が抜けてしまった。

「しゃべれなくなった？　しゃべれなくなったって、それ、何かの冗談なの？」

食事を注文して戻ってきた彼に、ちょっと変わったみたいだねと言ったのがまずかった。離婚して三年ぐらい会っておらず、久しぶりだったので、そんなふうに思えたのだろうが。

その日私は午前中に取材を一つ終え、会社に戻る前に遅い昼ごはんをすませようと、食堂の看板を見ながらゆっくり歩いていた。誰かがしきりに私の視界に出たり入ったりしている気がして、見回してみたら彼だった。彼はなぜか私に気づかないふりをして、私が先に声をかけるのを待つような顔で立っていた。こんな偶然があるだろうかとあたふたする私をよそに、彼はただにっこりして首をちょっとかしげてみせただけだった。二人ともお昼はまだで、彼がよく知っている食堂がそばにあるというのでついていった、その道すがらのことだった。

冗談ではなくて、と言って彼はまた間を置いて、おととし、声帯嚢胞(のうほう)の手術を受けたのだと言った。

「え？　せい……何て言った……？」

私は驚いて大声を上げそうになり、ようやく抑えた。こんどこそ大失敗をするところだった。しゃべれなくなったと先に聞いていなかったら、きっと「性器嚢胞」の手術と聞きまちがえたことだろう。

「せいたい、のうほう。そう、そんな手術をしたの。今は大丈夫なの？」

彼がうなずいた。黙ってうなずく彼は、知らない人みたいだった。私たちは長い恋愛の末に結婚し、短い結婚生活の末に離婚したが、私にとって二十代のすべては彼とともにあったといっても過言ではなかった。なのにたかだか三年会わなかっただけで、この人にこんなに距離を感じるとは。少しとはいえ、ほんとうに彼が変化したからなのだろうか。

「その手術すると、しゃべれなくなるの？」

「しゃべれないんじゃなくて、しゃべっちゃいけないんだ」

「どれくらい？」

段階があるんだけど、三週間から四週間まではまったくしゃべってはいけない。「うん」という声も出しちゃいけないんだ、と彼は言った。

「『うん』もだめなの？」

「『うん』って一回、言ってみ」

「うん」

思ったより声帯が動くだろ、と彼が尋ねた。そうみたいでもあるし、違うようでもある。「うん」だけじゃなく、声帯に響くような音は一切出しちゃいけない、手術したところを刺激するとまた嚢胞ができることがあるのだが、自分の場合は特に要注意だったのだと彼は言う。三週間から四週間も「うん」さえ言えない状況とはどんなものか、私には想像できなかった。まして、一度話しはじめたら止められない、立て板に水の、多弁にして能弁だった以前の彼を思えばなおさらのこと。

「大変だったんだね。そんな手術したなんて、ちっとも知らなかった」

こう言ったとき私はまだ、「性器嚢胞」の手術を思い浮かべていた。

「今まで全然会わなかったからね」

「どこかで耳にしてもよさそうなもんなのに」

それはないだろうな、と彼が言った。こんな話を誰かにするのは初めてだと。

「え、どうして？」

そうだなあと彼は言い、何かをぐっと噛みしめるような調子で、とにかく、初めてなんだよと言った。

そのときベルが鳴り、彼は待てという手振りをして立ち上がると「青松（チョンソン）」という看板が出ている受け渡し台のところに行った。そのときになって私は初めて、広々とした地下のフードコートを見渡した。自動注文システムに注文を入力して待ち、ベルが鳴ったら料理を取りに行くシステムだが、私たち以外のお客は高齢の男性たちが三、四組いるだけだ。中には昼間から酒を飲んでいるグループもいる。解体間近のテナントビルみたいに閑散として、フードコートのほとんどは営業しておらず、やっているのは三、四か所だけ。彼と一緒にここへ来たときから思っていたが、ちゃんとしたオフィスビルの下とは思えないような、薄暗く、わびしい空間だ。

彼が料理を載せたトレイを一つ持ってきて私の前に置くと、自分の分をとりに行った。注文は彼に任せたのだが、私は自分の前に置かれた大きな焼き魚を見てあわててしまった。うどんとかトンカツ、ピビンパ、キムチ鍋ぐらいだろうと想像していたのだ。彼が持ってきたトレイにも同じ魚が載っている。

「これ、何?」

「〈アジ〉だよ」

「〈アジ〉?」

韓国語では「チョンゲンイ」とか、「カクチェギ」って言うらしいと彼が説明してくれる。チョンゲンイ? カクチェギ? 一度も聞いたことがない(韓国でアジは、以前は庶民が好んで食べていたが、現在はサバやサンマほど一般的ではなく、知らない人も多い)。彼が遠慮がちに、君、焼き魚好きだろ、だからこれにしたんだけど、と言った。

「それはそうだけど、どうしてアジ……チョンゲンイ……カク……とにかく、これにしたの? サバとかサワラじゃなくて」

「おばさんが、今日はアジが美味(うま)いよって言ったから」

「ここ、お得意さまなのね？」

彼はうなずいた。そのとき初めて、このうなずく仕草こそ、「うん」も言えなかった三、四週間の時間が彼の体に残した痕跡なのだろうと想像がついた。お箸を取ってアジの身をむしると、適当に包丁を入れてから焼いてあるので、つつき回すようなことをしなくても大きめの身がほろりとはずれる。それを食べた私はびっくりして、彼をじっと見つめた。彼もお箸でアジの身をむしり、ごはんの上にのせて食べている。

「あなた、いい暮らしをしてるんだねえ」

彼が口元をほころばせて優しく笑った。

「柔らかくて……美味しいね」

「君の口に合うと思ったんだ」

私たちはアジとごはんを食べつづけた。味噌汁とキムチ、唐辛子と小魚の炒めもの、レタスのサラダだけの献立だが、十分だった。ここではお酒も飲めるのかと聞くと、飲めるし、とても安いんだよと彼が言う。それで昼間からおじいさんたちが集まっているのだろう。飲むかいと彼が尋ね、私は飲まないと答え、会社に戻らなくちゃいけないからと説明した。飲みたかったらお飲みなさいよと彼に言うと、もう昼から飲むのはやめたんだよという返事だ。

食べ終えてお互いの皿に残った魚の残骸を見ると、手まで使って食べた私より、お箸だけで食べた彼の方がずっと上手に骨をはずしていることがわかった。彼が食器を返却して戻ってくると、私に何か差し出す。濡れティッシュに包んだレモンだった。これを手にこすりつけて拭くと魚臭さが取れるのだという。このときになって、やっぱりこの人は変わったという確信が固まった。私は魚に触った手にレモンを押しつけて拭きとった。

何といったらいいのだろう。抑えめというのか、落ち着いているというのか、それでいて豊かな感じというのか。そんな彼はまるで知らない人みたいで、私はなおさら知りたくなってきた。おとし受けたという声帯嚢胞の手術は彼にとっていったい何だったのか。「うん」も言えない、短いといえば短く、長いといえば長いその時間をどんなふうに通過したら、こんなにも優しい驚きを私にもたらす人に変身できるのだろう——一度も食べたことのない魚の味みたいな驚きを。

地上に出ると、外は明るく、まぶしかった。九月の、午後二時から三時の間のことだった。退勤前に一度会社に戻らなくてはならないが、無理に急ぐ必要もない。私は儀礼上、午後は何をするのかと尋ね、彼はしばらく休んでからジムに行くんだと答えた。

「じゃあ、どこかでお茶でも飲もうか？」

彼がいいよと言うので、ちょっと歩きながら店を探すことにした。私たちは路地を抜けて、静かな住宅街を歩いた。カフェに入るまで、私たちはほとんど一言も話さなかった。彼が立ち止まってさっと振り向き、何かに気をとられた表情を見せたので、どうしたのと尋ねただけだ。彼は笑いながら首を横に振った。音楽が聞こえたか何かしたようだったが、わざわざ説明したくはない、という表情だ。優しいけれど、確固たる壁が感じられる。この人と黙って歩くなんて、生まれて初めてだと思う。そして私たちはカフェの二階の窓ぎわの席に座った。

「ここは私が出すね」

彼が首を横に振り、何を飲むかと尋ねた。威圧的なところは一つもないのに、彼の言葉には拒否しづらいものがあった。彼の言うことにすなおに従うのが道理だという気がしたが、そんなふうに思うこと自体がまるでなじみのないことなので、めんくらってしまう。以前の私は、彼に対抗するためには力を振り絞らねばならず、いつのまにか疲れてへとへとになり、ときには腹を立てて泣きさえしたものだ。

彼が一階に降りていき、注文した飲みものを持って上ってきた。私は彼に、大学に残っている友人や先輩後輩の近況を尋ねた。学部生のときも院生のときも私はそういう事情に疎くて、いつも何だかんだ彼に聞いていたものだ。彼には知らないことがなく、そのたびすらすら答えてくれたものである。だがその彼が意外にも、首を振って知らないと言う。私の話に関心がないのか、私が名前を挙げた人たちに関心がないのかはわからない。噛み合わない会話を中断して、私は単刀直入に聞いた。

「三、四週間が過ぎたら？」

彼がもの問いたげな顔をした。

「それまでは『うん』も言えないんだよね？　三、四週間過ぎたら、話してもいいの？」

あ、と言ってから彼は、三、四週間過ぎたら「うん」「いや」ぐらいはいいけど、三、四音節以上はだめなんだと答えた。

「わあ、大変なんだねえ！　それじゃ、いつから話せるの？」

三か月ぐらい経ったら簡単な会話はできるが、六か月から一年までは、声帯に無理がかかる長時間の会話は避けなくてはならないという。

「いったい、いつ正常になるの？」

声帯の状態によって許容値が決まるんだけど、俺の場合は、と言って彼は言葉を止め、お茶を一口飲んだ。日常的な話はしてもいいが、のどをたくさん使う仕事はよくないって医者に言われたんだ。

「じゃあ、講義は？」

「できないよね」

「うわあ。でも、博士論文は終わったんでしょ？」

彼は首を振った。

「何で？　話せなくても論文を書くのに支障はないでしょう」

研究はやめたんだけど、知らなかったかと彼は他人ごとの話をするみたいにそう言った。私はえっと驚いてしまった。

「何ですって、研究やめちゃったの？」

彼がふっと笑う。

「冗談でしょ？　じゃあ今、何してんの？」

「司書になるための勉強中」

「ししょ、って……図書館の司書のこと？」

彼はうなずいたが、私は呆れてしまってものが言えなかった。彼が研究をやめて司書になろうとしているのに、それをまるで知らなかったのもびっくりだが、離婚したのだから知らなくて当然なのに、なぜそのことで自分がこんなに驚くのかがいぶかしくもあったのだ。

私が言葉を失った代わりに、こんどは彼がかなり長く話してくれた。論文を書いている間も、書いてからも、しばらくは非常勤講師として忙しく講義をしなくてはならないが、のどがこうでは無理だなと思っていたという。最近はどの大学の講師も専門担当制になっていて、その大学の講義に専念するのでなければ最初から講師になれないシステムだし、もし教授になれても講義をしないわけにはいかず、研究専門の教授になることも考えなかったわけではないが、そういうポストはきわめて少ない上に、待遇も千差万別であり、それだって、学生相手の講義をやらなくていいというだけで、基本的にあまり話さなくていいポストではない、シンポジウムや講演会を催す際には、参加交渉や招待の件で教授たちが一日じゅう電話につききりなのも見ていたしね、と彼は休み休み言った。

彼の話を聞いているうちに興奮もおさまり、ある程度理解もできたが、それでもまだ、研究をやめた彼、大学にいない彼を想像することは難しかった。教授と講師、助教と修士や博士の複雑多岐なネットワークの中心には常に彼がいた。一日でも彼が学校に行かなかったら学科が回らないという笑い話があるほどだった。

「何でよりによって司書なの？　しゃべらなくていいっていうけど、それで？」

比較的ね、と彼は短めに答える。

「私とこんなに話していて大丈夫？」

大丈夫、のどに負担がかかりそうになったら自分で判断してやめるからと彼は言う。

「じゃあ、話してちょうだい」

彼が、何を？　という表情になる。

「手術があなたをどう変化させたかってこと」

彼が口をぐっとつぐんだ。

「聞きたいのよ」

彼はためらったが、君が聞きたいなら話してみようかと言い、うまく言えるかどうかわからないけど、とつけ加えた。


いざ話そうとすると、と言って彼はまたしばらく間をおいたが、それこそがいちばん大きな変化といえそうだった。以前の彼の話には、間というものがなかった。彼の話は不思議な活気と確信に満ちており、彼が話しはじめると誰もが期待をこめて耳を傾ける準備をし、彼もまたそのことを知っていて、楽しんでいた。彼は言葉の強弱とリズムを調節することが上手だった。強い言葉やきつい言葉を使っていても、彼の話はどこか愉快なほら話のようで、座を楽しく盛り上げ、諷刺、批判、もっといえば人格攻撃さえ思いのほか寛大に受け入れさせてしまう魅力があった。彼が徐々に、わがままな若い王様のような、他者の異議申し立てを受けつけない性格になっていったのはそのせいかもしれない。いや、そんな否定的な面は私たち二人の間で見せていただけかもしれない。実際、他の人が彼を独善的だと批判したのを聞いたことはない。私だけの感想ということはありうる。離婚して三年過ぎても、確かにこうだといえることは何もなかった。

いざ話そうとすると……時系列がはっきりしなくて、きちんと順番に思い出せないよと彼は言った。

「雷に打たれたみたいだったんだよ。ぴかっ、それからあの無言の時間……」

「無言の時間か……無言の行と似てた？」

それもそうだけど、と彼は手を組んで考えてから、無言の時間っていうと洞窟の中みたいに静かな時間を想像するだろうけど、実際には全然そうじゃなかったと言った。

「どういうふうに？」

「洞窟じゃなくて、俺、世間のまっただ中にいたからね。俺が黙ってても、世の中が静かになるわけじゃないから」

「それはそうね」

「むしろ、もっとうるさくなったみたいだったよ。俺だけを除いて、世間は勝手に騒いでるから」

あなた一人が騒いでて世間が静かだったときに比べたらね、と内心思ったが、そこに皮肉な気持ちは少しもなかった。追放された若い君主の孤独に似たものが想像され、さざなみのような同情が湧いてきた。

「あの日、手術した日のことから話すね」

彼は朝に手術を受けて、夕方遅く退院した。病院を出て初めて会った人はタクシーの運転手だった。ドアを開けてタクシーに乗ると運転手がどこへ行くかと尋ね、彼は自分のマンションの住所を書いた紙切れを渡した。運転手は驚いたのだろう。乗っている間ずっと彼の様子をちらちら見ているようだったが、説明する方法がないので黙っていたという。

「そのときはほんとにじれったかったな。今思うと、それほどのことでもないんだけど」

「どうして？　それはじれったいでしょうに」

「でもね……そのとき俺がじれったかったのは、ネタバレしてやりたいって気持ちが大きかったからなんだよ」

「どういうネタバレ？」

「俺はほんとは無口な人間じゃない」

私は内心笑ってしまった。そう、あなたは無口じゃなかったよね。話の達人だった。

「のどを手術したからしばらくしゃべれないだけだ。そういうネタバレだよ。今考えてみたら、タクシーの運転手にそんなこと話して何の意味があるって思うけど」

それでも、と言いかけて私は口をつぐんだ。そうだ、何の意味があるのかと私も思った。どっちにしろしゃべれないのは同じなのに。

簡単に整理すれば、大変さは二種類だったと彼は言った。

「しゃべれないために経験する不便さと、しゃべっちゃいけないための不便さ」

「それって、違うの？」

「違う。できないのと、禁止されてるのは違うからね」

しゃべれないための辛さとは、他者と意思疎通できない辛さだ。会話ができないので誰とも会わないようになるとか、外出するときは常に手帳とペンを首からかけて歩き、必要なときには自分の要求を書いて相手に見せてやるといったこと。そうなると、ちょっとしたものを買うにも近所のお店より、できるだけしゃべらなくてすむ大型スーパーにばかり行くようになるし、外食も、自動注文システムのあるフードコートにばかり行くようになる。それでさっきの食堂に行くようになったんだと彼は言った。

「ああ、アジの？」

彼がうなずいた。何度か行くうちに、店のおばさんがいろいろ話しかけてくるようになった。今日は何が美味いとか、最近はこれが旬だとか、そんな話。彼がしゃべれないという身振りをすると、おばさんは「お気の毒に」という表情を浮かべたという。でもタクシー運転手のときとは違って、妙に気分は悪くなく、説明しなくちゃというじれったい気持ちにもならずにすんだ。それであの店のお得意さまになったのだそうだ。

しゃべらないでいるとね、と言って彼はまたしばらく休み、自分の中に何か妙に鋭い感覚が生まれてきたみたいでさ、と言った。

「望んで手に入れたんじゃなくて、ただ生まれてきたんだよね。例えば、人によって耐えられる感覚とか、敏感さの総量が決まってるとして、ある感覚が抑制されたら他の感覚が鋭くなるっていうような具合にさ。以前だったら似てると思ってたものの無限の違いを、識別できるようになったんだよね」

「例えば？」

「タクシー運転手と〈青松〉食堂のおばさんの反応なんかだよ。どっちも同じように哀れんでいる顔なんだけど、違って感じられたんだ」

彼はその後も、自分を哀れんでいる人の表情を細かいスペクトラムに区分することができたという。伝えたいことを紙切れに書いて読んでもらうとき、彼らのまなざしやちょっとした身振りを見るだけで、毒のある哀れみか、そうではないかが自然にわかるようになったと。

「それは、あなたが敏感になりすぎていたからそう感じたんじゃない？」

そう言ってから私は唇を嚙んだ。黙って聞いてあげるべきだったのにという後悔の念が湧いてきた。ところが彼が意外にも、うん、そういうこともあるかもねと言ったので私は驚いた。こんなにあっさり認めるなんて、虚をつかれてしまう。そうかもしれないって、本心だろうか。ほんとに私の言ったことを認め、受け入れたのだろうか。

私の複雑な思いとは関係なく、彼は、ものを言ってはいけないために味わった不便さはね、と自然に話しつづけた。

「自分でも気づかないうちに言葉みたいなものを出しちゃって声帯に響かないか、注意しなくちゃいけないっていう不便さなんだよ」

寝ていても寝言を言わないように注意しなくちゃいけないし、道を歩いていて人にばったり会っても、「おっ」とか言っちゃいけない。そうなると人の多いところを避けるようになり、酔っ払って気づかないうちに何か言っちゃうかもと思うと、酒も飲まなくなる。

「ああ、しゃれにならないわね」

「だけど、人間ってどんなことにも順応していくものだよ。しゃべれないこともしゃべっちゃいけないことも、慣れてしまえばがまんできるから、たいして辛いとは感じなかった。ほんとに辛かったのは……」

「もっとあるの?」

今まで話したこととは比べものにならない、とてもがまんできないような閉塞感が襲いかかってくるんだよ、だんだんと。彼はそう言った。襲いかかってくるという言葉に私は面食らい、自分までつられて胸が苦しくなった。

始まりは雨だった、と彼は言った。

彼が手術したのは初夏で、手術の日には雨が降っていたそうだ。タクシーに乗って、窓の外で雨が降っているのを見ながら何も言えないのがたまらなかったと彼は言った。雨か。あ、雨だな。そう言えなくてじれったいという程度の感覚。

「そしたら間もなく、長雨の季節に入ってさ」

初めはちょっとしたもどかしさだったものが、長雨が始まるとともに、増水した急流のように彼を圧倒しはじめた。

「一日じゅう雨が降ってるのを見ながら、『雨だ』って言えないんだから……ほんとに、死ぬかと思ったよ。大げさじゃなく、息苦しくて胸が押しつぶされそうで、これじゃ死んでしまうと思うほどだったんだ。何度も何度も、どうしたんだよ、こんな雨ぐらいでって、そう思ってみたりしたんだけど」

やがて彼は、自分が感じているこの絶望的な閉塞感が雨のせいだけではないことがわかってきたそうだ。

「つまり、人間っていうものは……目で見たり耳で聞いたり舌で味わったりして感じるだけじゃ、絶対満足できない存在なんだ。俺は今こう感じてるぞって、俺に伝えられないのが耐えられないんだよ。どんな方法でもいいから自分の感じや考えを自分に伝えたいのに、それができないと、感覚とか思考自体もその場で窒息してしまいそうだったんだ」

私はしばらくぼんやりしてしまった。今、何の話をしているのだろう?

言葉ってさ、と彼が言った。

「他の人と会話するためのものみたいだけど、根本的には自分との対話のためのものだって気がしたんだよ。つまり今まで俺、ひっきりなしに誰かと話してきたけど、その言葉は実際、俺も聞いてたんだしね。そういう意味で言葉って、純粋に他人だけに向けたものじゃなくて、自分に向かっていくものでもあったんだよな。話せなくなって、他人に向けた言葉はどうにかあきらめがついても、自分への言葉は絶対にあきらめがつかないんだ」

自分が感じている感覚が強ければ強いほど、それを自分に伝えたくて、気が変になりそうだったという。

「俺に言いたいのに！　俺に言いたいのに！　って」

それで思いついたのが手話だった。

「すぐに検索して、『雨が降る』ってどうするのか調べたんだ」

彼は話をやめて水のコップを持ち上げた。私は急に、彼ののどをいたわってあげなくちゃと思いついた。

「ゆっくり、ちょっと休んでから話して」

彼はうなずいた。そして水を一口飲んでから、両手を胸の高さに上げて垂らし、上下に二回動かした。

「これが、『雨が降る』って言葉なんだ」

私も彼のまねをして、両手を胸の高さに上げて垂らし、上下に二回、動かした。

「こう？」

「うん。そんなふうに、最初に水を飲むのは省いてもいいよ」

「え？　水を飲むのも手話に入ってるの？」

「うん。水が落ちるっていう意味だから」

「じゃあ、水がなかったらどうするの？」

彼が笑った。私に会ってから、彼がこんなに明るく笑うのは初めてだ。

「ばかだなあ！　ほんとに水を飲むんじゃないよ。水を飲むのはまねだけだよ」

「何でさっき、飲んだのよ」

「ちょうどのどが渇いてたから」

「だまされたなあ！」

彼がまた笑い、私も笑った。

「それで、手話を習ったの？」

彼は首を振った。

「初めは、手話をやってると少しはじれったさが減って、自分と意思疎通ができるような気がしたんだ。それで、きれいとかおいしいとか、うれしいとか、いくつか調べてその通りにやってみたりしたんだけど、時間が経つにつれて、俺が欲しいのはこれじゃないってわかってさ」

「手術してからあなた、ほんとにいろんなことがわかったみたいね」

「そういうことだな。俺ってかなり学習効果は上げる方だろ」

「そう思うんだったら大したもんね。で、あなたが欲しかったのは、どういうものだったの？」

こんなやりとりをしていると、昔、優しい気持ちで暮らしていたころの二人に戻ったような気がする。

既存の手話では満足できないのかもと思った彼は、自分の思い通りの手話を作ってみようと試みたそうだ。口を開けたり、首を動かしたりする動作であらわす短い感嘆詞から始めて、美味しそうだと思ったときには口の中で舌を二回鳴らすとか、何かをやってみようかと思ったときには両手を合わせるとか、そんな簡単な表現を。だが、こうして自分で作り出した手話を使っても、彼の感覚はほんのちょっとしか自分に伝わってこなくて、結局、既存の手話と同じだった。彼にとっては自分で作った手話もひどく物足りなかった。

「手話は言葉にいちばん近いのに、どうして俺は満足できないんだろうって不思議だった。それで、またわかったんだけど……」

彼は私を見て、私はくすっと笑った。

「こんどは何がわかったの？」

理解できないかもしれないけど、と言って彼はまた水を少し飲んだ。手を上げて垂らさなかったところを見ると、手話ではないらしい。

「単なる言葉が欲しいわけじゃなかったんだ、ってこと」

言葉が欲しくなかったなんて。話せなくなったら切実に言葉が欲しいんじゃないだろうか。

「じゃあ、何が欲しかったの？」

「俺だけの言葉」

手話は、他者と通じ合うための決まりごとという意味では言葉に近い。だが彼は他人とではなく、自分と通じ合いたかった。そういう意味で、自分だけの言葉が欲しかったのだと彼は言う。彼の人生と彼の感情と記憶がひっそりとこめられた言葉。究極的には、言葉を超えた言葉。

「それって、何？」

「つまり自分だけの言葉を作っていくことなんだけど、俺の最初の言葉はやっぱり、『雨が降る』だったんだよ」

「どんなの？」

彼は小さくため息をついて窓の外を眺め、それからまた私を見た。

「それがそう？」

彼はうなずき、私はがっかりして叫んだ。

「それだけ？　手話より貧弱じゃない？」

「そう見えるかもしれない。実際、俺だけの言葉って、俺がわざわざ作ろうと思って作ったもんじゃないから。もうできていて、それにあとで気づいたものなんだよ。だから、今俺がやった『雨が降ってる』は、『雨が降ってる』っていう言葉を懐かしがってたあのときの状態、あのときの姿勢をそのまま、『雨が降ってる』にしたってことなんだ」

「ちょっと、わかりにくい」

もう少し詳しく言えばね、と言って彼は、窓の外の雨を見ながらあごを少し上げ、体から徐々に力を抜いて腕を垂らし、指先に何かがたまっていくところを想像しながら指をゆっくり動かすこと――それがまさに「雨が降ってる」という自分だけの言葉なのだと言った。

「立ってやってもいいし、座ってやってもいいけど、立ってやった方が雨が降ってる感じがちょっと強くなるね。それから、雨が激しく降ってるときは自然と指先が重い感じがして、その代わり動きがちょっと早くなる」

私はあごを少し上げ、体の力を抜き、腕を垂らしてゆっくりと指を動かしてみた。雨が降ると言いたくて気が変になりそうだったとき、彼はこうやって雨を見ながら座っていたのか。

俺だけの言葉はさ、と彼は力をこめて言った。

「作られるものじゃなくて、思い出すもの、発見されるものなんだよ。俺が何らかの言語を心から欲しがっていたときのことを思い出したり、そんな切実さが湧いてくる瞬間を発見して、それを自分の言葉にするわけなんだ。だから俺の言葉は、語源がわからなくなるってことがないんだ。最初の記憶は消えないままで、その上に他の記憶がどんどん積み重なって、言葉に命が宿っていくっていうか。ときどきは、意味はわからないのに、ただ表現だけが先に出てくることもあるんだよ。ごくたまにだけど、わいせつな言葉も飛び出してくるし」

私ははっと気を取り直した。

「それって、どんな……」

私の表情に小心者らしい好奇心を読み取って、彼が笑った。とにかく声帯嚢胞の手術を受けて、と彼が言ったとき、私はびくっとした。声帯嚢胞に反応してはっとする様子も、私だけのわいせつな言葉の一種になりうるという気がした。

「いつから、どういうふうに変わったのかはわからないけど、少しずつしゃべれるようになってから、自分が変わったことに気づいたんだ。話し方が前とは違っていたんだ。無言の時間が稲妻みたいに光って通過して、その移動経路は燃えてなくなっているんだけど、俺はもう違うところに来てるんだよ。それは明らかに俺だけの言葉と関係があったんだ」

私がちょっと呆然として彼の言葉を聞いていると、彼は突然、国破れて山河ありって知ってるか、と聞いた。

「国が滅びたのに自然は……とか、そういう漢詩？」

彼はうなずいた。

「国は崩壊したのに山河はそのままだとか、そういう意味だと思ってるだろ。でも俺、それって、国が滅びたから山河があることに気づいたって意味に、読めるんだ。俺の場合がそうだったからね。俺というシステムがだめになってみて、自分の中に自然があることがわかったんだ」

彼が両手の指を全部組んで、その上にあごをのせ、私を見つめた。

「どうしたの？」

「話は、ここまで」

「何で？」

「こんなにいっぱい話したの、久しぶりなんだ。のどが変な感じがする。話したいことは全部話したし」

彼はその姿勢のまま、振り向いて窓の外を眺めた。それもまた彼の言葉なのかなと思いながら、私もじっと彼を見ていた。こうやって見ていることも、私だけの言葉なんだろうかと思いながら。


「見てごらん！」

彼がちょっとかすれた声で言った。私は窓の方を振り向いた。二階の窓から見おろすと、路地の中から一人の女性が、三、四歳ぐらいの女の子の手を引いて歩いてくるところだった。女性は背が高くてとても太っており、子供は小さく、太ってはいなかったが、真っ黒でたっぷりした髪の毛を一つに束ねたところや丸々とした顔の形がよく似ていて、誰が見ても母と娘であることがわかった。

「あの人たちがどうしたの？」

「ほら、子供が何か言うよ」

彼は、誰かに聞かれるのを恐れているように小声でささやいた。私もつられて、息を殺して見守る。子供は何歩か歩いて立ち止まると、突然、嬉しくてたまらないという顔で母親を見上げ、その手を両手でつかんで自分の方へ引き寄せ、母親の丸々とした手首の上に何度も唇をつけた。そんな突然のかわいい愛情表現にも母親は驚いた様子はなく、ただ笑っているだけだったが、私はすばらしいメロディーの音楽を聴いたときのように、完全な感動にとらえられた。彼と私は顔を見合わせた。

「こんなとき何て言う？」

私は尋ねた。

これは初めての言葉だけど、と言って、彼は頭を後ろへそらして天井を見つめ、それからゆっくりとまっすぐに直った。私も頭を後ろへそらし、天井を見つめ、ゆっくりと元へ戻った。私たちは向き合い、二人が同じ感動の中で、同じ疑問を抱いたことを見てとった。あの子の小さな体からあふれ出ていた、こんこんと湧き出る泉のように清冽な喜びの源は何なのか。私たちもかつてあんな喜びに身をまかせて愛し合っていたときがあったのに、それはいつ消えてしまったのか、という……。

カフェを出て地下鉄の駅まで、私たちは黙って歩いた。駅の前で別れるとき、私は尋ねた。

「美味しいっていうのは、どうやるの？」

「それは、味によって違うけど」

「ああ、そうだよね。じゃ、今日食べたアジの味は？」

彼はゆっくりと唇の両端を横に伸ばし、おだやかな微笑を浮かべた。うん、やっぱりそうだよね。私がしゃっくりするように短く息を吸い込んでみせると、彼が、言いたいことはわかったよという顔をしてみせる。

「どういう言葉に見えた？」

「すっきり納得、って感じ？」

私が目を大きく開けて口をちょっと突き出すと、彼が言った。

「当たった？」

私たちは笑い、最後に握手をした。彼の手――「雨が降る」と言うときには雨の雫が宿るその指を私の手の中に感じると、たまらないほど不思議な気持ちになった。知らない言葉たちが手の中で踊り、そして消えていくような。彼の手を離して振り向くと、私は拳をぎゅっと握ってポケットに突っ込んだ。胸を張り、腰をまっすぐに伸ばして、ぎゅっと握った拳を下の方へ押すようにして一歩一歩コツコツと歩いていった。このとき、私の最初の言葉が生まれたのだ。九月の、午後四時から五時の間だった。

彼のにはとても及ばないだろうけれど、私も今ではいくつかの言葉の目録を持っている。無言の時間の中ではいつも、私だけの言葉が生まれてくる。他の誰でもない、私だけの言葉がまず自分に伝わってくる喜びを知ったのは、彼と、彼の声帯嚢胞手術のおかげだ。彼が司書になったという噂はまだ聞いていていない。

ある言葉は意味がわからないまま生まれてくると彼は言ったが、まさにそうだ。ある感情や感覚は、私を経由せずにまず体に現れ、記憶に刻まれる。例えば、私はまだ私の最初の言葉の正確な意味を知らない。初めのうちは、「またね」ぐらいのところじゃないかと思っていたが、そうでもないらしい。その意味を知りたくて、ときどき握った拳をポケットに突っ込み、胸を張り、腰をまっすぐ伸ばし、拳を下の方へぐっと押しながらコツコツと歩いてみるが、やっぱりわからない。確かなことは、私がその言葉を言うとき、その言葉と歩いているとき、何かが現れるというよりは消えていく感じがすることだ。歩くという行為の中に消えていく何かが見える。だからといって完全に消えてしまうわけでもない。ぎゅっと握った手のささやかな暗闇の中で、小さく、ますます小さく、何かがかすかに点滅しながら生きている。すべてのものは消え去るけれど、点滅する間は生きている。今は、そんなぼんやりした意味だけで十分だ。

作家の言葉（「作家の言葉」は韓国の出版習慣で「著者あとがき」を指す）

枯渇していた。小説は一編ずつ書き、「作家の言葉」は一冊ごとに書くものだが、私の場合、作家の言葉の方が先に枯渇した。小説を書いていれば、習い性もついてしまうものなのに、作家の言葉では「私はなぜこの小説を書いたか」が問われる。その問いに引っかかって、足踏みしてしまう。

本書の前の本を出したとき、作家の言葉なしで進めようとしたのだが、あとがきにならなかった言葉があとがきに化けてしまい、よくいえば変奏されて載ったため失敗した。今回も作家の言葉をなしにしたいと思ったが、自発的に失敗することとする。今回が最後のあとがきならよいのだが。

ずっと前、いつなのかは私だけが知っているあのころ、作家の言葉が書きたくて狂おしい思いをしたことがあった。小説よりも、作家の言葉の方が書きたかったことが。目を赤く泣きはらして、読者に、私の文章を読むあなたに、涙とともに言葉をかけたかったことが……。もはやそうではないのだろうか。

わからない。

最近よく、「わからない」という言葉を使う。
ときには行き違ってしまいたいし、ときには横切りたい、横も見ず、後ろも振り向かずに走っていきたいけれども
そうはできないから、
わからなさの深みにも、わからなさの急勾配にも、わからなさの厚みにも至ることができず
中途半端なわからなさの中で、
寒風に身震いしながら、汚れたしぶとい翼をたたむ
老いて病んだ鳥のように、
すべてをふるい落としてやせ衰えた私の
わからなさの骨があらわになるまで、
そのときまで書くだろうか。

わからない。

けれども読者よ、私の涙ぐましい読者よ、私がもうこれ以上何も書けないその日が来たら、私たちはまた会おう、作家の言葉も、わからないという言葉も、まだまだだよという言葉も口にすることなく、私は冷たくこごえ、あなたの手はあたたかいその日が来たら。

二〇二〇年二月　クォン・ヨソン

訳者あとがき

本書は、二〇二〇年に文学トンネ社より刊行された『まだまだという言葉』の全訳である。翻訳には初版を用いた。

クォン・ヨソンは一九六五年生まれ、八〇年代に大学生活を送り、民主化運動に参加し、民主化宣言の前と後との韓国社会の変化をまざまざと体験した世代である。ソウル大学国語国文学科修士課程を修了後、九六年に長編『青い隙間』で作家デビューし、本格的に認められたのはやや遅めだったようだが、二〇〇八年に「愛を信じる」で李箱文学賞、二〇一二年に『レガート』で韓国日報文学賞、二〇一六年に『春の宵』で東仁文学賞、二〇一八年には本書に収録された「知らない領域」で李孝石文学賞など、名だたる文学賞を続々と受賞し、今や押しも押されもしない韓国を代表する作家の一人となっている。

日本でも短編集『春の宵』(橋本智保訳、書肆侃侃房)、長編『レモン』(橋本智保訳、河出書房新社)、食のエッセイ集『きょうの肴なに食べよう?』(丁海玉訳、KADOKAWA)が続々と刊行され、海外文学ファンの間でもその名が定着してきた。

クォン・ヨソンは一言で言って、大人の作家だと思う。やるせなさ、苦さ、焦燥、一筋縄ではいかない後悔、凝り固まっていく自意識、もはや同行者のようになった困惑。年輪を重ねた、だがまだ枯れきってはいないそうした心情をすくいとり、地を這うようなじっくりした描写で仕上げる技には磨きがかかっている。

その中でも本書は、家族の物語を集めた短編集と言ってよいだろう。貧困や不平等など社会の構造的な問題や、病気、老い、死と葬いなど人生の避けられない局面をめぐって展開する家族の光景を確かな手応えで描いている。以下、一つひとつの短編について補足する。

「知らない領域」

我の強い父娘どうし、最後までその胸中がしっくり噛み合うことはないけれど、かろうじてつながっている感じが昼月の淡さと釣り合っているようだ。

四一ページに出てくる沈奉事(シムボンサ)とは、朝鮮時代のハングル小説で、伝統的な口承文芸「パンソリ」の有名な演目でもある『沈清(シムチョン)伝』内の人物だ。沈奉事は目が見えず貧しい父親で、娘の沈清は父の目が開くようにと仏に願をかけ、人柱となって嵐の海に身を投げる。だが、その孝女ぶりに感動した龍王によって地上に戻った沈清は皇帝の妃にとりたてられ、最後には奇跡が起きて父の目も見えるようになる。かっとなりやすく、ほろっとしやすい父ミョンドクの白日夢のような一場面だ。

「爪」

本書の総タイトル「まだまだという言葉」は、この作品のラストシーンに依っている。「まだまだ」とは、直訳すると「まだ遠かった」となる。韓国語でよく使われる表現で、文字通り道程を指すこともあるし、何かの技量などをほめられて「(目標まで)ほど遠いです、前途遼遠です」と謙遜するときの定番の表現でもある。著者によれば、この小説の「まだまだ」には、「まだ遠いからすぐには着けないという絶望」と、「そこへ向かってはいるという希望」の両方がこめられているとのことだ。

ソヒの苦境には、韓国特有の「チョンセ」という不動産賃貸システムが関わっている。この制度は古く、植民地時代から朝鮮戦争後の復興期の中で庶民の助け合いという役割も大いに果たしたと思われるが、若い非正規労働者のソヒにとっては大きな足かせだ。環境劣悪な屋上部屋を借りるにも日本円で五十万円ほどのまとまったお金が必要で、ソヒはそのためにローンを組まねばならない。最終的に全額が戻ってくるとはいえ、その間にローンの利子もどんどんかさむし、たびたびの保証金の値上げに心の休まることもない。多額のお金が動くから、それを持ち逃げする人も現れる。

本書で最も心の痛む作品だが、著者自身にとってもそうで、三十歳以上年齢差のある主人公を書くに当たっては最も細心の配慮をしたとのこと。

「稀薄な心」

クォン・ヨソンはかつて長編『レガート』で、学生運動の中で起きたレイプ事件を題材としたことがあった。この短編では、運動の中で同性の恋人どうしが受けた差別と暴力、その後の傷の深さを描いている。

ディエンはデロンが殴られたときに何の抵抗もできなかったという自責の念に苦しめられており、また二人とも、夢の中でさえ厳しく追及され、互いの身の証を立てねばならない。工場をめぐる夢の話は、八〇年代の軍事政権時代末期に多くの大学生が身分を偽って工場に就労し、労働組合の結成や闘争に一定の役割を果たした事実と相応する。九五ページの「住所が江南（カンナム）のマンション」というのは、高級住宅街である江南の住所のままでは怪しまれて工場に入れなかったことを示唆する。ディエンとデロンというのは不思議な名前だが、一種の組織名のようなものかもしれない。

また、『川辺の風景』（朴泰遠著・牧瀬暁子訳、作品社）に出てくる理髪店の小僧である再鳳（チェボン）は、利発な愛すべき少年で、反物屋の主人がいつもどっちつかずな帽子のかぶり方をしているので、それがいっそぬかるみに落ちればいいのにと期待しながら観察しているという設定だ。「稀薄な心」の主人公たちもまた、自分たちの関係に何らかの形でけりがつくことに脅え、一方では無意識にそれを待ちながら生きてきたということなのだろうか。

「向こう」

期間制教師は非常に弱い立場に立たされた存在である。シングルマザーの母がNを教員にしようとしてどんなに努力したかは容易に想像がつく。しかし正規と非正規の間の線がわかればすべての謎が解けるといういたたまれない現実の前で、Nには自分と母の尊厳を守ることができない。

なお、Nの性別ははっきり提示されていない。著者のインタビューによれば、NとはNeutrality（中立）のNであり、性別の点でも職業の点でもどこにも所属しない、境界にある人という含意がこめられているそうである。

「友達」

ヘオクとミンスは優しい母子だが、それぞれの思いは行き違っている。行き違ったままで寄り添って歩いていく二人のスケッチ。

この作品では、ヘオクの信仰生活の描写も重要だ。韓国では国民の三割近くがキリスト教信者であり、キリスト教が社会を支える重要な柱であることは間違いない。しかし一方で、イスラム教圏にまで宣教に行くような過剰な宣教ぶりに辟易している市民も少なくない。母子ともに友ともいえない友に苦しめられているのに「あの方だけがすべてを終結させることができる」というヘオク。著者の感じているもどかしさが伝わってくるようだ。

「松湫(ソンチュ)の秋」

韓国の弔いの文化は急速な変化の中にある。従来の土葬がどんどん減り、二〇〇四年に四九・二パーセントだった火葬が二〇一九年には八八・四パーセントにまで増加しているそうだ。土地の不足などにより、ロッカーに似た納骨堂や樹木葬、散骨などの形態が増えている。社会の激しい変化に振り回されて露わになる家族間のディスコミュニケーションが描かれる。最後に明らかになるのは、癒えることのない子供時代の悲しみだけだ。

「灰」

望みのない手術を控えて自分の人生を振り返る主人公は、グレゴール・ザムザとW・G・ゼーバルトを支えとしてようやく病という現実に対応することができる。この主人公はさまざまな面で「知らない領域」のミョンドクと共通点があり、彼の物語をネガポジで反転させたかのようだ。また、「知らない領域」ともども、今はこの世にいない妻の目から見たセカンドストーリーも読んでみたいという気持ちを抱かせる。

終盤で若い女性たちが口にする「ポポン、ポン」という意味不明な言葉が、生の虚無と生の過剰さを語っている。

「アジの味」

別れた夫と久しぶりに街で出会ったら、何かが確実に変化している。何が変わったのだろう？そんな元妻の好奇心によって、何でもない秋の午後が美しい絵のように記憶に刻まれる。「自分だけの言葉」を求めた元夫の体験が共有されるが、二人のよりが戻ったりはしないまま、それぞれの人生が深まっていく。

この作品は二〇一九年に『絶望書店——夢をあきらめた9人が出会った物語』（頭木弘樹編、河出書房新社）に収録され、読者からの好評を得た。この機会に訳文を見直した。

本書はかなり意識的な構成配置がなされており、冒頭の「知らない領域」と最後の「アジの味」が他の作品に比べて希望。クォン・ヨソン本人も、「全体的な感じは暗いが、入るときと出るときには日差しが当たっている」と述べており、この対照が印象的である。

対照ということでいえば、本書では、大人たちの大人げなさと若者たちの荷の重さの対照も切実だ。「爪」「向こう」「友達」と若い世代の絶望を淡々と描く筆致には、作家の大人としての責任感がにじんでいる。

しかしその中でも「爪」のソヒは見知らぬおばあさんの隣で温もりを感じようとし、「稀薄な心」

のディエンは、「女の一人暮らしだと言わなかったのは偉い」となけなしの決意を確認する。生きていくことが債務であるかのような酷薄な日常だが、クォン・ヨソンの視線が注がれるとき、そこにぎりぎりの光が差し込む余地が生まれる。読む私たちにとっても「まだまだ」の絶望と希望は、「アジの味」の主人公のポケットの中でのように点滅しつづけることだろう。

訳出に当たっては最低限の訳注を加えたが、説明が長くなる場合はこの「訳者あとがき」で補っている。

また、韓国では年齢を数え年であらわす。本書では日本式に満年齢で表記している。

なお、二〇二一年十月現在、一ウォンは〇・〇九五円である。文中に出てくる金額は十分の一にすると日本での物価の感覚に近くなる。

担当してくださった町田真穂さん、原稿チェックをしてくださった伊東順子さん、岸川秀実さんに御礼申し上げる。

二〇二一年十月十一日

斎藤真理子

初出一覧

知らない領域……『Axt』二〇一七年七—八月号
爪……『文学と社会』二〇一七年春号
稀薄な心……『子音と母音』二〇一八年夏号
向こう……『文学トンネ』二〇一八年春号
友達……『文学3』二〇一七年三号
松湫の秋……『現代文学』二〇一七年十一月号
灰……『作家世界』二〇一六年秋号
アジの味……『21世紀文学』二〇一七年冬号

著者略歴

クォン・ヨソン（권여선）

1965年生まれ。ソウル大学国語国文学科修士課程修了。1996年、長編小説『青い隙間』で第２回想像文学賞を受賞しデビュー。小説集に『ショウジョウバカマ』、『ピンクリボンの時代』、『私の庭の赤い実』、『カヤの森』、『春の宵』（橋本智保訳、書肆侃侃房、2018)、長編小説に『レガート』、『土偶の家』、『レモン』（橋本智保訳、河出書房新社、2020)、エッセイ集に『きょうの肴なに食べよう？』（丁海玉訳、KADOKAWA、2020）がある。呉永壽文学賞、李箱文学賞、韓国日報文学賞、東里文学賞、東仁文学賞、李孝石文学賞を受賞し、人生の不可解さと不条理を痛烈に描き出す作品が高い評価を受けている。

訳者略歴

斎藤真理子（さいとう・まりこ）

1960年生まれ。翻訳家。訳書に、パク・ミンギュ『カステラ』（ヒョン・ジェフンとの共訳、クレイン、第１回日本翻訳大賞受賞)、チョ・セヒ『こびとが打ち上げた小さなボール』（河出書房新社)、チョン・セラン『フィフティ・ピープル』（亜紀書房)、チョ・ナムジュ『82年生まれ、キム・ジヨン』（筑摩書房)、ハン・ガン『回復する人間』（白水社)、チョン・イヒョン『優しい暴力の時代』（河出書房新社)、ファン・ジョンウン『ディディの傘』（亜紀書房)、イ・ラン『アヒル命名会議』（河出書房新社）など多数。

まだまだという言葉

2021年11月20日　初版印刷
2021年11月30日　初版発行

著　者　クォン・ヨソン
訳　者　斎藤真理子
装　丁　大倉真一郎
装　画　倉持リネン
発行者　小野寺優
発行所　株式会社河出書房新社
〒151-0051
東京都渋谷区千駄ヶ谷2-32-2
電話　03-3404-1201（営業）
03-3404-8611（編集）
https://www.kawade.co.jp/

組　版　株式会社創都
印　刷　株式会社暁印刷
製　本　加藤製本株式会社

Printed in Japan
ISBN978-4-309-20842-8
落丁本・乱丁本はお取り替えいたします。